しゅうまつのやわらかな、

作　浅井音楽
画　つくみず

しゅうまつのやわらかな、

すべてのこどもと、いつかこどもだったひとへ

目次

装幀　名久井直子

だからわたしはほしいのです
底ぬけのからっぽが
埋めようもなく　失くしようもない
たとえばすき透ったあぶくのような
たとえばすみ渡った空のような
わたしをやわらかくときほぐし
わたしをそこらじゅうにばらまいてくれる
からっぽを探しているのです

征矢泰子「からっぽ」（『征矢泰子詩集』思潮社）

瓶いっぱいのからっぽ

心を、器とするたとえがある。

「心がからっぽになったみたいです」と言う人がいる。
「心が軽くなりました」と言う人もいる。
どちらも、心を器として捉えた言葉だと言える。

なにかが喪《うしな》われたような、からっぽの感覚。
余計なものが取り払われた、軽やかな感覚。
共通するのは心という器に場所が生まれた感覚で、気分としては対極なのが興味深い。
その場所は、無意味な空白か、意味のある余白か。

心とは器なのだろうか。だとすればその器を満たすものは、なにか。

経験上、このようにたとえにたとえを重ねたことをむんむん考えていても答えは出ないので、まずは角度を変えてみる。言葉や感情、つかみがたいものの尻尾を追い回すような仕事をしているとつい忘れがちだが、抽象的な問いを助けるヒントは、物質的なものの中に隠されていることが多い。

なのでひとまず、からっぽの器を手に入れてみようと思った。そうと決まれば、急げ。これは決して溜《た》まったメールや積み上がった封筒から逃げる口実ではない。大事な仕事のひとつなのだ。それに今日はおさんぽ日和、飛び出すしかない。いけいけどんどん。

というわけでかっぱ橋までのこのこやってきた。漢字では合羽橋と書くわりに、なぜか金ぴかの河童《かっぱ》の像が立っていたりする、ややちぐはぐな街である。

古くから飲食関係の道具街としてしたしまれてきたかっぱ橋には専門的な調理器具だけでなく店の装飾用品や食品サンプルなど珍しいものがところ狭しと並んでいて、たのしい。

その道で仕事をする人にとってはなんでもない実用品もそうでない側からは魔法の道具のように見える。ぽてぽて歩くうち、料理に焼き色を付けるためだけに作られた謎の機械「サラマンダー」に出会った。かっこよすぎる。ほしいなぁ。三十万円。そうですか。

通りの途中、マンションのベランダに5メートルくらいの巨大なカブトムシが張り付いていて、こちらも巨大な悲鳴が出た。近くの方に話を聞いたところ、食品サンプルの会社が作ったものらしい。どうしてそんなことを。

あのマンションの物件情報には駅徒歩5分カブトムシ付きとか書かれているのだろうか。うちにでっかいカブトムシいるんだけど、見る？　などと誘われる人もいるのだろうか。毎日でっかいカブトムシ、デカブトムシの裏側を見る生活とはどんなものなのだろうか。

デカブトムシ付きのお部屋は、問題事項として安くなるのか、特典として高くなるのかどっちなんだろうと考えながら歩いていると、きらきら光るお店を見つけた。

ちょうどゲームでアイテムがある場所が光っているような感じで、ここになにかあるよと主張している。やわらかな光がちかちかきらめくのに抗《あらが》えず、ふらふらりと近づいた。

お店の前にはたくさんの瓶、瓶、瓶。ジャムを入れるようなチェック柄のふたがついた瓶から、すらっとしたお酒の空き瓶みたいなものまで、たくさんの瓶が並べられていた。あの光の正体はこの瓶たちだったんだ。看板を見れば「ガラス容器のＷＡＴＡＲＡＩ」。容器の専門店。ここなら、からっぽの器が見つかるに違いない。

ふんふん勢いづいて店内に入ると狭めの通路の両側に瓶瓶瓶瓶プラ容器たまにビー玉、たまに凧《たこ》、瓶瓶瓶瓶瓶瓶瓶。瓶すぎる。世の中には、こんなにたくさん瓶があったのか。ちいさなお店の中にこんなに豊かな世界が広がっているんだと震えていると。

……おぅい。

お店の奥から声をかけられた。積み上がった段ボールの奥から猫みたいに身をよじって素敵な方が現れた。

……よっこいしょ。なにいれんの。

なにいれんの。一瞬言葉の意味がわからず呆《ほう》けてしまう。いれんの、いれんの。あぁ、入れるか。なに入れるって言われてもな。ええ、なに入れようっていうのは特になくて。

しどろもどろに答えると、その方は唇をチャッと鳴らして言われた。

……なんだい。いれもんなんだからさ、いれるもんなきゃしかたねぇよ。

びっくりした。なんでもないような、それでいて特別なことをすっと差し込まれた衝撃に目をぱちくりさせた。たしかに、入れものなんだから入れるものがなきゃ変か。

あぁ、そうですよね。えっと。これなんかは、なに用なんですか。

くらった衝撃をごまかしながら、かわいく並んだ円錐《えんすい》形の瓶を手に取ってたずねた。

……そんなんあなた次第だよ。いれもんなんだ。なにいれたっていい。そうだろう。

びっくりした。瓶は人生の比喩だった。からっぽの器が欲しいとかぬかしてすいませんでした。からっぽなのはわたくしの人生でございます。ひん。

途方に暮れてぽかんと上を見上げると、見たことのない瓶の形が目に飛び込んできた。

他の瓶と違って数もまばらで、指先で触れれば、すこしほこりを被《かぶ》ってざらついている。

あの、これは。

……それは、そうね。売りもんだけど、もう作ってないからさ。高くなっちゃうよ。

その瓶には値段が書いていなかった。ちょうどエッグスタンドに卵が乗っかったような電球状の形で、台座の内側に下向きのコルク栓があって、おしりを塞がれたような瓶。

……変わった形だろ。タコ瓶って言ってな。そっちの三角の方はイカ瓶って言うんだ。似てるかはともかく、わかるだろ。コーヒースタンドなんか豆を入れたり、かっこつけたもんだ。ほとんど買われてって、残ってるのはそれだけ。

タコ瓶。ぽってりとした形もさることながら、タコ瓶という名前がいい。値段を聞くと

……そうな。四、五千円にはなっちゃうよ。安かないだろ。

五千円。たしかに安くはない。やや高いと言ってもいい。そして、買ったところで使うあてがない。それはこの貴重なタコ瓶にとって正しいことなのだろうか。すこし考えますと言って店を出て、すぅと息を吸った。薄水色のぴんと張る、その日かぎりの風だった。

買います。欲しいです。再度店の奥から這い出てきたその方はすこし目をまるくする。

……ほんとかい。別に、店やるんでもねぇんだろう。いいのかい。

はい、決めました。

……種でもなんでも入るけど、水もんはダメだ。コルク栓が下向きだろ。漏れるから。

しどろもどろになりながら、なにも入れないつもりでいること。からっぽを入れておきたいということ。とにかくそういうつもりなので大丈夫ですと伝える。

高い棚のタコ瓶の、時間の皮みたいなほこりを丁寧に拭き取りながら、言われた。

……いいんだよ、好きなもん入ってりゃ。からっぽでも、なんでも。

そうして、丁寧に丁寧に、一個の瓶を包んで渡してくださった。

それから、蛇口つきの瓶の歴史とか、まんまるのでっかい瓶を港区のホテルに納めて、そこはミシュランで星をとったとかいろいろな話を聞かせていただいた。

……もう。これからお客さんと打ち合わせって言ってたじゃない。ずぅっと自分の話ばっかりして、なにしてるの。ごめんなさいねぇ、ご迷惑でしたでしょう。

お店の奥からもうひとり、ささっと現れた方に、文字通り背中を押されて、お店の方は出て行った。

……大事にするんだよ。また来な。

去り際そう言われ、なんだか高かったけど、安い買いものだったな、そう思った。

タコに見えるような見えないような、よくわからない瓶は今も目の前に置かれている。

その中には、瓶いっぱいのからっぽが入っている。

とんかつ大臣

突然「とんかつの口」なのだと気づいてしまった。ぽかんと晴れた日の午後だった。

とんかつの口とは、とんかつ以外を拒絶する口のことで、とんかつの口になった口は、とんかつをたらふくむさぼり満足するまで他の食べ物を受け付けなくなってしまう。

理解できなければ「お蕎麦《そば》食べたいな」とか「今日はカレーの気分」とか、そういった感覚が桁違いに膨張《ぼうちょう》したものだと思ってもらうしかない。普段は親しく付き合っていた口が突然なんの前触れもなく荒ぶる神、クチガミサマへ変化する。クチガミサマは下僕たる己に命じる。「汝《なんじ》、我が欲する『それ』を見極め、捧《ささ》げよ」と。

正直クチガミサマでもオクチサマでもなんでもいいのだけれども、口を乗っ取られるのは困る。こちらにも生活というものがあるのに。しかしクチガミサマはこちらの事情などまるで無視して繰り返す。捧げよ。捧げよ。『それ』を捧げよ。

数ヶ月前、突然パンの口だと気づいた。任せなさいと自信満々になってパンの食べ放題に向かった。そして次の日。そこには両手につかんだクロワッサンとバターロールを次々に口へと放り込みながらひんひん涙を流す己の姿があった。おなかと共にムクムク膨らむむなしさ、内から破裂しそうなおそろしさに震え、泣いていた。

後日、一緒に行った友だちに言われた。

……パンがおいしすぎて、泣いてる食いしんぼうにしか見えなかった。

人生には、パンがおいしすぎて泣いてる食いしんぼうだと思われてしまうこともある。

それから数日間、誰と会っても会わなくてもパンを食べ続けていた。おうちで、喫茶店で、レストランで、道のど真ん中で。いつもちょっと泣きながら。破裂しそうになって。

このときクチガミサマが求めていたのは、日頃食べない固めの、酸味あるパンだった。どうして固くてすっぱいパンなんて、と思いながらダメもとで食べてみたところ、歯車が噛《か》み合うような感覚と共にクチガミサマは立ち去るのがわかった。助かった。

そこからしばらくあだ名が「パン食べ食べ星人」になり、あだ名の宿命か数週間のうちに「タベタ」まで短縮された。みんなが忘れたころに「ベータ星人」と呼ぶ者が出てきて事情を知らない人への説明に心底難儀《なんぎ》した。最近は「宇宙人」と言われた。原型がない。

話が逸《そ》れた。おなかがすいているときはなぜか過去のことばかりが思い出される。空腹は欠如そのもので過去もまた現在からは手の届かない欠如の記憶だからという説がある。ない。今作った。ぐるぐるしている。今ぐるぐるしているのは頭なのか、おなかなのか。

なにはともあれ早急にクチガミサマの口に合うとんかつを捧げなければ死んでしまう。なにせ突然とんかつの口になってしまったので今日はまだ水しか飲んでいない。

今回は『それ』がとんかつであると気づけたのが幸いだった。好みのとんかつ屋さんは近くにいくつかある。こんな日のために、リサーチと道楽を兼ねて開拓しておいたのだ。神が、あまり人間を舐《な》めるなよ。からんころ。こんにちは。ひれかつ定食お願いします。

注文をすませ、ほのかにレモンが香る水を飲んでようやく一息つく。しかし、どうしてクチガミサマはこんなにもワガママなのか。口という部位の特別さが関係しているのか。

口は人間にとって、生きるための栄養を摂取する重要な部位であると同時に、はじめての快楽を味わう部位でもある。生まれたての子が、口元の刺激に対して反射的に吸い付くことからもわかるように、食事の欲求は生存と固く結びついている。だからこそ乳児は、泣いたりわめいたりして必死に願う。

『それ』がいい。『それ』がほしい。『それ』で満たして。

ちょうだい。ちょうだい。『それ』がなにかわからないけど、ちょうだい。

なにもしなくてもいい完璧な世界から、誰かに助けてもらわなければ生きていけない世界に放り出された絶望の叫びは「世界は信じるに値するか」という問いでもある。乳児はこの時期に世話をされたりされなかったりする経験を基礎として、世界や他者への態度を形成していくとも言われている。

もしかするとクチガミサマとは、はじまりの叫びの再演なのかもしれない。

からだばかりがすくすくと育ち、どれだけ大人みたいな顔をして街を歩くようになってもはじまりの絶望が消えてなくなることはない。自分という布に分かち難《がた》く編み込まれた絶望は欠如の原体験である空腹を引きがねに、クチガミサマとなって現れる。

そう考えればクチガミサマを鎮めることは、いつかの絶望を慰めることでもある。

……はいよぉ。ひれ定食ぅ。

考えをめぐらせているうち、気持ちのいいかけ声と一緒にとんかつが運ばれてきた。

よーしよし、クチガミサマよ鎮まりたまえ。いまとんかつを食べてあげますからね。

ぱちんと割り箸。ぱくりとひとくち。

ん。

ぱくり、もうひとくち。

ん。んん。

なにかがおかしい。いやおいしい。とんかつになんの問題もないしむしろ素晴らしい。
いつもおいしいとんかつをありがとうございます。だけど違う、そうじゃない。
ひとくちひとくちがちゃんとおいしいのにむなしい。
誰もいない森の井戸に、小石をひとつひとつ落とし入れるようにさみしい。
どこで間違えた？　とんかつはとんかつでもひれかつではなくロースかつだった？
それともカツ丼だったのか？　考えろ、考えろ、考えるんだ。

焦りにも似た敗北感を抱え立ち上がると、お店の人がひょこっと顔を出してくださる。

……いつもありがとうね。またお待ちしてますから。

その瞬間、覚悟は完了した。この試練を乗り越え、必ず戻ってこなければならない。

そこから先は、なんとも甘美な地獄。お仕事。とんかつ。お出かけ。とんかつ。読書。とんかつ。お散歩。とんかつ。とんかつ。お昼寝。とんかつとんかつ。ときどきキャベツ。おいしい。うれしい。なのにかなしい。おいしい。うれしい。なのにむなしい。

途中、なんども心が折れそうになる。食べても食べても飽きのこないとんかつの深遠さに震えた。このまま一生とんかつを食べ続ける人生でもいいかと立ち止まりそうになった。とんかつは毎日新鮮においしいのに心は毎日新鮮にかなしくて、ちょっと泣いた。

そんな日々が十日も続いたある日、チェーン店に入ってとんかつ&から揚げセットを注文した。経験上クチガミサマの試練は判定に失敗するたびに緩くなる。さすがに同じものを食べ続けたらしもべの身体が壊れてしまうからだろうか。このころには付け合わせのキャベツやお味噌汁《みそしる》くらいなら受け付けるようになっていた。そろそろセットのから揚げくらいは許されるはず。

とんかつとから揚げが載っかったおぼんを持って、席につく。割り箸を割って、まずはから揚げをぱくりとひとくち。

ぱちん。なにかがはまったような感覚。

なんということでしょう。クチガミサマの望みは、とんかつではなくから揚げだった。どういうことだよ。とんかつだって言ってたじゃん。いやいや、それは勝手な思い込み。クチガミサマは最初からとんかつを捧げろなんて言っていなかった。

あとに残されたのはただ、とんかつを十日間食べ続けまるっこくなった人間ひとり。

……とんかつとから揚げを間違えることなんてないでしょ。

笑う人もいる。しかし、隠された望みを知ることは、ほんとうに難しい。

例えば「愛されたい」と願いながら自分を傷つける人間とばかり付き合ってしまう人。

例えば、自分が果たせなかった望みを、自分のこどもに押しつけようとしてしまう人。

例えば、欲しかったはずのものが手に入ると、そんなものは偽物だと捨ててしまう人。

例えば、から揚げかとんかつかもわからず、とんかつを食べ続けまるっこくなった人。

人の苦悩の多くは「自分のほんとうの望みがなんなのかわからない」ことに起因する。

だからこそ、自分の奥底に蠢《うごめ》くものを見つめ、声を聞き、手を伸ばし続けることが重要になるのだろう。少なくとも今日、とんかつの口とから揚げの口の違いは学びました。

一歩前進、5キロ増量、ついたあだ名はとんかつ大臣。

自己理解とはこのような、地道な努力の積み重ね。

とんかつとから揚げを味わい終え、店を出て大きく伸びをしたところで気づく。

ソフトクリームの口だ。

誰が許して誰が許されるのであらう。
われらがひとしく風でまた雲で水であるといふのに。

宮沢賢治「龍と詩人」(『龍と詩人』青空文庫)

ゴンドラ龍　ゴンドラゴン

言いたいことがない。書きたいこともまるでない。あるのは締め切りだけである。

（すみません。やる気ってどこにありますか）（そこになければもうないですね）

架空の店員と架空の客が、頭の中の百円ショップでやりとりをはじめる。

（在庫とか、見てもらったりできますか）（ないならずっとないままですね）

我ながらひどい店である。しかしないものはないので、誠実ではある。

やる気もなければ根気もないから、ないない尽くしの日々となる。それがどうした、とふんぞりかえれる偉さもないから転がっているより他にない。ごろりんピックのなげやり部門なら金メダルの自信がある。圧倒的な差をつけて優勝し、表彰式をさぼりたい。

やりたいことがない。目標がない。夢も希望もなければ、絶望もない。ないのである。ないのである。ないのにある、とはとんちのようで、とんちきな身の上にはよくなじむ。

どこまでも借りものでしかないことばをそれでも己のものにしようとすれば、とんちの手付きと足取りに助けられる。とんちとは、ことばの焦点をひょいとずらすすべと心得る。橋の端はわたらない。屏風《びょうぶ》の虎は出さずに縛る。甘い飴はぺろぺろ舐めて泣いてやる。

治そうと息巻けば、空回る。わからないと知りながら、わかろうとする。とんちめいた日々の知恵は、はるか先をゆく方々の背と息づかいに教わった。

弱いチワワ、ヨワワワ。大迫力の山、迫力マウンテン。日々思い浮かぶのはこんなもの。ままならないなりにまあなんとか生きていられるのは、ずいぶん恵まれたことと思う。

意味より響きに引っぱられやすい頭の作りをしているようで話法も作法もままならない。お洒落《しゃれ》よりも駄洒落にしたしく、このままでは将来どうなっちゃうのと心配になったものの、将来とは今この瞬間のことだからもはや手遅れ、どうしようもない。

やりたいことがない。言いたいこともなければ、書きたいこともない。あるのはただ、やりたくないこと、言いたくないこと、書きたくないこと、そして締め切りだけである。どうしたものかと唸《うな》ってみてもどうするあても浮かばない。そもそもどうもしたくない。木から落ちたわけでもない、最初から枯れていた葉っぱみたいに風に吹かれている。

どんな世界からもつまはじきにされているように感じるのは、どんな世界もつまはじきにしているから。自分で決められる部分なんてなにひとつ残されてないみたいな世界で、たくさんのことを決めなければ、他にどうすることもできないのだと途方に暮れている。なにもしたくないのに、したくないからこそ、なにをしないか決めるしかない。やりたいことを見つけるより、やりたくないことを見つめるほうが輪郭がはっきりする。

魚はほぐしたものしか食べたくない。骨のない、腑抜《ふぬ》けた魚だけを受け入れている。ボタンを絶対にかけ違うから、ボタンふたつ以上の服は持ちたくない。ご飯の作りおきはまずしない。そのとき食べたい保証がないから。自分との約束をしない。守れないから。なにができるとか、なにがしたいとか、時と場合によることはあてにしない。いつまでたってもできないこと、いつどんなときも、したくないこと。そこからはじめて考える。これには価値があるでしょうと、したり顔の売り手が貼りつける値札が、気にいらない。自分だけが知っている価値があればよくて、それはもはや価値ではない。値がつかない。立場もない。しょぼくれて座っているだけで、はじめから立っていない。なにがしかの社会的立場、職業的立場、倫理的な立場を示そうなんてまったく思わない。自分の生きるに従ってついてくるどうしようもない残酷さや浅薄《せんぱく》さこそが立場なのであって、そのうえいまさらなにか付け足そうとはとても思わない。

もんもん考えるうち頭が痛くなってきて、なじみの集まりにひとこと、書き込む。

いま、もんもんしています。なにもしたくないのです。

するとそのうち、返事とも言えない返事が来る。

ちょうど、海が見たかったの。

港町では海まで走って、絶叫してからちょっと踊った。踊りつかれてごはんを食べて、パフェまでたらふくたいらげた。こうしたひとのありがたさ、ありがたい在り方と思う。

……景気づけに、乗ってみようよ。

指さす先を見てみれば、街を見下ろすゴンドラがあった。片道千円、安くはない。安くはないだけに景気づけという言葉の熱も手伝って、乗ろう。いきおい飛び込んでいった。並んでいるうち目に入った広告には、今年は辰《たつ》年、そう書かれていた。とたんにつぼに入って思わず吹き出す。ゴンドラと龍。つまり、それでは。

せっかくなので満を持してのおひろめとしたく、笑いをこらえたまま乗り込む。港町の夜景に興奮するひとをつついて、ひそりつぶやく。

……ゴンドラ龍、ゴンドラゴン。

こちらを見つめ、ぴしゃりと言われた。

……そういうの、いまはいらない。

そのまま黙って運ばれた。片道千円、往復千と八百円。ごんどらごんどら、運ばれた。

カニがカニッとしているのは嬉しい
カニがそれを気づいていないらしいので
なおさら　しみじみと…

まど　みちお「カニ」（『まど・みちお詩集』角川春樹事務所）

カニにされた日

……カニにされた。川沿いの遊歩道で、哀れな子ガニがいっぴき、生まれた。

そりゃ大変だ。ひとりぼっちではさみしいだろうと、かにっ、両手でピースをつくる。

となりの日傘がくすくす揺れる。散歩道、ときおり一緒になる方で、いつも上品に笑う。

日傘の主は子ガニの親で、ツボに入ったのかタコみたいに真っ赤になって、震えている。

……ふふっ。蚊にさされた、ですよ。ふっ。すみません。ふふっふぉふ。

ふふっふぉふ。リラックマ、のイントネーションだった。これだけ笑ってもらえるなら
カニになるのも悪くない。自分勝手に満足していると、子ガニに、きっ、とにらまれた。

……カニにされたの。それじゃ、カニでしょ。ねぇママ。

カニの両手を叱られる。しかしまだふたりともカニのまま。カニのママも笑っている。

……ほらみて、かゆい。

たしかに。そう言ってやるとカニママは、ひゅうひゅうと不器用な笛みたいに鳴りだした。

子ガニの腕はこんもり赤くなっている。さぞかしかゆかろうに、よく耐える。

そういうときは、爪でバッテンをつけるといいよ、と言いかけてやめた。それは衛生上
とか、その他さまざまな理由でよくないのだと、いつだか教わった。ひとたび言いかけた
ことを閉じ込めるのはたいへん苦手なので、表情筋をあっちこっち動かして、しのいだ。

ようやく人間みたいな笛から笛みたいな人間くらいまで戻りつつあった人が、口を開く。

……爪でぎゅっとすると、かゆくなくなるよ。でも、バイ菌が入るから、しちゃダメ。

そんな。残酷すぎる。教えたうえで禁じるなんて。そんなの聞いたら、やっちゃうよ。

……うん。しない。

そんな。聡明《そうめい》すぎる。爪でぎゅっとしたくならないのかよ。こっちはもうなってるよ。

ここでぎゅってしちゃったら大人の面目まるつぶれだって、なんとか耐えているんだよ。

聡《さと》い子ガニはぎゅってしないで、ころころぽてぽて歩いていく。川沿いは蚊が多いから
とうなずきあって、山手通りという、大きな通りにまろび出る。山手線はやまのてせん。

山手通りは、やまてどおり。なんどもなんども教わりながら、なんどやっても間違える。

山手通りは、別名環状六号線。別名で呼ばれているところを聞いたことは一度もない。

子ガニと同じくらいの背丈のころ。かんなな、つまり環状七号線のことを、かんだなと呼んでいた。錆《さび》くさい歩道橋からは行き来する車や夕焼けがよく見えて、好きだった。

かんだな、かんだな、したしい気持ちでよく呼んだ。

かんだなのはじっこまで行こうね。そう約束をしたともだちがいた。通学路はかんだなでぶったぎられていたから、いつもかんだなで落ち合った。

……かんだなは、まぁるいんだって。

環状線というのだから、まるくなければ嘘になる。そんなことも知らぬまま、まぁるい道を思い描いた。どうしてこんなにまっすぐな道がまぁるいのかと不思議に思った。

……かけっこするとこの、ながいところとおなじじゃない。まっすぐだけど、まるいよ。

こどもの理屈でまるめこまれた。振り返れば、まるでわからない話でもない。身勝手にものを考える自由さを失う日はまだ遠かった。まるい道のはじっこはどこになるのか。

……せーのでさ、逆に走って、ぶつかろう。そこを、かんだなのはじっこにしよう。

約束は、ついに果たされなかった。約束が思い出に変わる速度には、かなわなかった。

数年前、長い道を端まで行ってみた。ひとりたどり着いたのは環七の端でしかなかった。

長いといってもたいしたことはなくて、余裕をもって帰ってこられた。環状というくせに閉じてもいない、視力検査のように欠けた環《わ》だった。

環状六号線は、その名前では呼ばれない。かんろくとも呼ばれない。その道のマニア（つまり道マニア）に聞いてみたら、昔は環状六号線と呼ばれた時期もあったという。しかしそのうち、昔の呼び名、山手通りに戻っていったのだとか。

……まるで環状じゃないからねぇ。その人は言った。

一緒に地図をのぞけばなるほど、おくれ毛みたいな頼りなさでちょろっと曲がった、環とは言えない道路であった。

目の前の子ガニは、そんなことも知らないまま、しゃにむに駆け出した。広い道とは、街と街とを繋《つな》ぐ道、誰かの急ぐ道で、ちいさな歩幅には窮屈《きゅうくつ》すぎる。気をつけなさいよと目をつけられすみっこを歩く道より、こどものこころには狭い道のほうがよっぽど広い。ひょいと小道に入った子ガニに、おいでおいでと手招きされる。手招き、シオマネキ。

……ここね、最近みつけたの。

ひどく細長い、道かどうかもわからない道に案内される。こんなところがあったとは。

カニママに任せてくださいと目配せをする。それこそカニ歩きでないと進めない道だったから、身をよじってもぐりこむ。

……はじっこまでいこう。

そうしてふたり、カニ歩く。

クモの巣が口に入って、ひどかった。それでも、いつかのこどもが救われた気がした。

道の終わりも藪《やぶ》のような場所で、ふたりしてびっくりするほど蚊にさされた。かゆすぎて耐えられず、爪でバッテンをつけるのを見られて真似された。大人の面目、まるつぶれ。

別れぎわ、ふたりで符丁《ふちょう》のように腕を掲げて、見えないバッテンを見せ合った。ビビと一味の別れみたいだなと思ったのは、きっとひとりだった。

……いっぱいカニにされちゃった。

いつか、蚊にさされたと言えるようになるだろう子も、今日のところは子ガニだった。

みんなカニにされちゃったのなら、歩き方も変わるだろう。道の形も、変わるだろうか。

いつの日か、カニのポーズをしていた変な大人がいたことを、思い出してくれたらいい。
思い出すこともなかったのなら、それもいい。

帰って服を着替えてみると足の裏まで蚊にさされまくっていた。聞くところによれば、
O型は特に蚊にさされやすいらしい。
Oとはひとりきり、じっと閉じた環の形でもあった。

陽よ　はんぶんで　いいのです
ひとりで散歩する　道なのですから
はんぶんで　いいのです
明るいひかりが　こんなにもあふれていると
わたしは　またもや　あの頃を思い出してしまう

新川和江「陽よ」(『青春詩篇・幼年少年詩篇』花神社)

センセイと路地

路地裏はよい。路地裏を歩くのはさらによい。

目的もなにもなく路地裏を歩くのは、ことさらに素晴らしい。

路地は、露地《ろじ》とも書くのだと、センセイに教わった。


センセイは老人というには若々しく、壮年というには熱っぽい必死さのない人だった。

こどものこころにもどう生きているのか知れない、世から浮いた足の運びがすきだった。

そのありかたが、自分勝手に思い描く先生のようだったから、センセイと呼んでいた。

センセイは、そんな立派なものではありませんけれど、と呼ばれるままにゆるしていた。

……露地の露とはこういう字を書きます。
砂に、いい感じの棒で書いて教えてくれた。雨ざらしの、あらわな路《みち》だと言っていた。
雨と覆《おお》いのないこととはまるで違うのに、どうして同じ字なのかとたずねた。
……ちょっと待ってくださいね。
センセイは目を閉じて、しばらく考えてこう言った。
……水にも、覆いはないでしょう。
言われても、よくわからなかった。
ただ、この人が言うのなら、そうなのかもと思った。
……お風呂に入ったら、水のしずくをよせてごらんなさい。覆いがないとわかります。
この人が言うのなら、やってみようと思った。
ステンレスの風呂釜のふち、ばらばらにまるくなったしずくを、指で突きよせてみる。
ふたつのしずくの輪郭はとけて、はじめからそうだったみたいにひとつになった。

たのしくてたまらず、水のしずくをちまちまくっつけ続けた。太った猫のおでこくらいの水たまりができるころには、しっかりのぼせた。

なんでのぼせるまで長風呂するのと叱られて、水をくっつけていたのですと説明すると、のぼせておかしくなっていると寝かされた。水にはへだたりがなく、血にはあった。ふらふらのままコップの水をひとくちふくんで、ふたくちめでこぼした。水がはじけてカーペットに飲みこまれる。ちいさな水は、器の中でしか水のままでいられなかった。

センセイは意味のないことを意味とする人だった。
無意味なことを無意味に楽しむ、その贅沢《ぜいたく》を教わった。

住んでいた地域は川沿いの谷間にほど近く、蛇のはいずるような道が多かった。
……あんきょ、と呼ぶんです。かわいい響きでしょう。
あんきょ、と繰り返した。かわいい響きだなぁと、そう思った。
暗渠《あんきょ》と書くことは、のちのち知った。暗がりのみぞ、あんきょ。

暗渠とは、小さな川にふたをかぶせた、かつて川であった場所のことを言う。
細く小さな川にふたをした道だから、どこも低くて、ひんまがった路地裏となる。

センセイは、暗がりを愛していた。そしてそれ以上に、暗がりに愛されていた。

……この道が、ずっと川だったんですよ。いまも川ですが、水は見えなくなりました。
でも、わかるでしょう。

谷間の暗渠は水なき水辺で、センセイによく似合っていた。
センセイは好きなものを語るとき、ほんのすこしだけ早口になるくせがあった。

……昔はこのあたりでも、こどもがよく遊んでいたんです。
センセイは、糸のような目をもっとほそめて言った。
むかしあそびと呼ばれる遊びが、いまの遊びだった時を思った。

路地裏には役割がない。使うために作られた道ではなく、なんだかわからないうちに道になっちゃってたというのが、路地裏の本質だとセンセイは言っていた。

路地裏は、こうなっちゃったのかたまりなので、そこを歩く人も歩いちゃっただけの人となる。意味がない、役割がない。表でないから、つくろいがない。

路地裏は人を見定めない。路地裏を歩く人は、路地裏を歩くために歩いている。

センセイのように話す先生には、他に出会わなかった。

センセイは先生だったのか、たんなる路地マニアだったのか、どうでもよかった。

大通りはすべてどこかに向かうために作られた道だから、そこを歩く人は、歩くために歩くということを忘れる。自分で放り投げたボールを自分で追うような、せわしない日々に飲みこまれ、みずみずしさを失う。

路地裏には生活と惰性が転がっている。挨拶するように窓際に並んだぬいぐるみたち。いびつに育った木。欠けた鉢植え。マンホールをふちどる青々とした苔《こけ》。

あらわになって雨に風にさらされるまま、それぞれ自由にはみだして、やわらかな迷惑をかけあっている。

路地裏を歩くことは小さな物語を読むことに似ている。「ご自由にお持ちください」と段ボールに入れられた、とるにたらないものの。ひとつひとつがすぐれた掌編《しょうへん》と思う。教訓を読み解く必要もなく、見知らぬ誰かの息づかい、その文体をただ味わうのがいい。

センセイに会わなくなってからも、路地裏をよく歩いた。
歴史を知ろうとか、風景を残そうとか、大義も目的もなしにただ歩いた。

路地裏はなにもかもが足りない。華やかさも便利さも、なにより広さが足りていない。暗渠なんていうのはもっとひどくて、ところによってはぐっと自分をひらべったくしてもすれ違えない。車はもちろん通れない。その足りなさに、どうしようもなく惹《ひ》かれる。

ひとひとりの人生よりずっと長い時間をかけて、なんかこうなっちゃったと全身で語る路地裏。そんなすべてが足りない場所を歩いていると、自分ひとり足りぬ至らぬ、たぬきががんばって人に化けているような存在であることの諦めもついてくる。

歩くうちぽとりとくぼんだ場所に地蔵が置かれていた。エヴァンゲリオンみたいな色の帽子をかぶってじっとしている。手を合わせ、しんと目をつむる同じエヴァ色の方がいた。

図体《ずうたい》ばかり大きくなって小さな背中とすれ違うのもやっとだった。ぐっとひらべったくなり、塀をこするように歩く。目の前の小さな背中にいつかのセンセイの面影を重ねた。

いただいたものは、いまも奥底に流れている。ちょうど、ふたをされた暗渠のように。

過去とは過ぎ去ったものではなく、過ぎ去らなかったもののことを言うのではないか。

血の川。肉の土。己の庭にどうしようもなく根付いたものを、仮に過去と呼んでみる。

育ちもしないがよく食べ眠る

育ちもしないがよく眠る。だから人よりちょっと人生が足りない。

最低十時間以上は寝ないと頭もからだも動かない。七、八時間は睡眠を取ろうみたいな文言を見るたび、人間がそれだけで動けるものかよと、新鮮な隔たりを感じる。

寝付きがよくて、寝起きもからっとしている。ただ、とにかくよく眠る。あまりに寝るからちょっと不安で、睡眠に詳しい先生にたずねてみたことがある。

睡眠に詳しいだけあって、ぽやぽやとねごとのように話す先生だった。

……いっぱい、寝る子なんだねぇ。

そう言われ、いっぱい、寝る子なのかぁ。そう思った。

こどもとは呼ばれなくなる年のころ、いっぱい寝る子という呼び方がくすぐったかった。困ったらまたおいでと言われ、困らなかったのでまたはなかった。

一般に、人生という名札がつくのは起きている時間のほうで、すやすやと寝息を立てる時間は見向きもされない。そのひそやかな時間のほうにこそ、したしさを覚える。

人間たちの社会は基本的に、長い時間動ける個体が有利になるようにできているから、よく眠る個体はそれだけで一種のハンデを負う。

そのうえ起きている時間が少ないだけでなく要領も手際も悪いから、人生は周回遅れの様相となる。

朝起きる。電車に乗る。行って帰って、生活もする。

そんなあたりまえとされることが、あたりまえにできない。

朝起きられず、電車に乗れず、行って帰れず、生活はずるずる。

雨ニモマケル
風ニモマケル
雪ニモ夏ノ暑サニモマケル
脆弱《ぜいじゃく》ナカラダハモチモチ
慾《よく》ハメチャアリ
プリプリ怒リ
イツモシクシク泣イテキル

毎日逆雨ニモマケズ状態で、この世のすべてに負けている。そのくせ楽しく生きている。

周回遅れの人生だと気づいたあたりで、周回するのをやめた。昔、マラソン大会の途中で見つけた猫を追いかけてコースを外れたことがある。大人にずいぶんと叱られた。

大人と呼ばれる年になってコースから外れてみれば、連れ戻そうとする人も、怒る人もいなかった。ただ、周回する人向けの特典がもらえなくなった。あまり必要ないもので、問題なかった。

早く起きられないから起きない。
満員電車は無理だから乗らない。

外からはわがままにしか見えない、それでも大切な決断だった。決断とは正しい選択肢を選ぶことではなく、無理なものを諦めることだった。
諦めの数だけ道は狭くなって、その代わりすこしだけ歩きやすくなった。

ないない尽くしの人生も、案外どうして悪くない。
不向きなことに向き合っていられるほど、気も人生も長くない。
諦めることは、自分の足りなさを明らかにし、認めることだと知った。

寝るのが大好き。食べるのも大好き。歌と散歩と本も好き。必要なものはそれくらい。
いざ明らかにしてみれば、足りないなりにやりくりできた。
足りないままで満ちている。不足があって、不満はない。

今日も、いつものようにたくさん寝て起きた。
朝より昼に近い日の高さで、おなかがぐびぃと鳴った。
起きた瞬間からもう寝るのが楽しみで、気持ちよく寝るために疲れようと思った。
冷蔵庫を開けると昨日友だちが持ってきてくれたおにぎりがふたつ入っていた。
お昼はこれでいいなとひとりごち、足りない日用品を買いに出かける。買い物の途中、
余計な食べ物を買わないように念じて歩いた。

(おにぎりがふたつある、おにぎりがふたつある)そのうち
(おにぎりふたつ、おにぎりふたつ)に短縮されて、おにぎりをふたつ買って帰った。
おにぎりが古いのふたつと新しいのふたつで4つになった。
日々こんなことばかりなので、かまわずおにぎりを4つ食べた。
おなかいっぱいになって眠くなったので、ころりと転がった。

育ちもしないがよく食べ眠る。
人よりちょっと人生が足りなくて、夢みる時間が人より長い。

ツチノコとウマイコトイッタナ

カウンセリングを生業《なりわい》としていると、よく出会う言葉がある。

ふつう。
みんな。
じぶん。

これらみな、ツチノコである。

ツチノコはいまだ捕まったことのない未確認生物なのに、あれでしょう、あの太った蛇みたいなやつでしょう、などとぼんやりしたイメージを持たれている。

普通の人間になりたいです。
皆みたいにできないんです。
駄目な自分を変えたいです。

カウンセリングに持ち込まれる悩みというのは、最初は特にそのような形を取っていることが多い。では、その悩みにはどのように答えるべきなのか。

わかりました。普通の人間になれるようがんばりましょう。
皆みたいにできるように鍛《きた》えていきましょう。
駄目な自分は捨てましょう。どんどん変えていきましょう。

これはきっと最悪に近い。自分が相談する側だったとして、こう返されたならまず一度ひっぱたくかもしれない。いや、ひっぱたきはしないかも。それにしたってぺちんとたたくくらいはするだろうし、きっとそれくらいは許される。誰かを救おうとしているようで、その実自分を救いたいだけの安易《あんい》な言葉は、ひどくさもしい。

普通の人間になりたい。ならなりましょう。自分を変えたい。なら変えましょう。
では、どうしてこの応答ではよくないのか。それはきっと、言葉のツチノコ性による。
ツチノコは、誰にも見つかったことがないのにずいぶん知られた顔をしている。だから
イメージばかりが大きくなって人を振り回す。

なんでもその昔、ツチノコを捕まえるための探検隊が何百人という規模で組まれたこと
さえあるらしい。まさに大熱狂、ツチノコブーム。今聞くと冗談のように思う。とはいえ
真に受けやすく勢いで動く性質なので、その場にいたなら探検隊になっていた気もする。

大きくなりすぎたイメージは、どうしても心の配置を乱す。ちょうどトトロやカビゴン
のおなかにうつぶせで埋もれるように、そのおなか以外なにも見えなくなる。このとき、
トトロやカビゴンそのものはまったく見えない状態になる。

埋もれる先がトトロやカビゴンならうれしいが、言葉となると恐ろしい。顔も見えない
言葉の怪物に埋もれ、身動きが取れなくなる。

ふつう。みんな。じぶん。小さな部屋の中、小さな声で絞り出される言葉はいつでも、その苦しみを正確に伝えるには大きすぎる。だから、よく聞く。ふつうとはなんですか。みんなとは誰のことですか。じぶんとはそれだけのものですか。声に出したり、ときには出さなかったりしながらよくよく聞いてみる。するとどうやら、違う音が聞こえてくる。

誰もが最初、私はそれについて知っています。そんな顔をしている。聞いてみると、てんでバラバラに散らばっていく。ひとつとして同じ「ふつう」はなかった。「みんな」とまとめられるような人々もいなかったし、それを語る「じぶん」のイメージさえ、割れた鏡に映った散り散りな像に似て、切れかけた電灯のように頼りない。

だから、言葉という怪物とはゆっくりと距離を取る必要がある。怪物とその人との間にいくつか透明な沈黙を挟み込む。語るためには、聞かれなければならない。

言葉との距離が離れてくると、興味深いことが起きる。たとえにのっとれば、距離が開いた分だけ怪物の姿は小さくなって視界に収められるはずなのに、その通りにいかない。

怪物の姿は、今まで（ふつう・みんな・じぶん）とは〇〇だと思っていました。そんな過去形で語られる。理解されるやいなや、怪物は抜け殻だけを残して去っていく。そう、まるでツチノコのように。

今、うまいこと言ったなと思った。読み返してみたらそうでもなかった。ツチノコとかトトロだカビゴンだ怪物だとか、たとえがふらふらぶれている。そもそもツチノコに抜け殻はあるのだろうか。

今うまいこと言ったなと思ったときは、だいたいうまいことを言ってない。気のきいたことを言おうとすれば、ろくな目にあわない。うまいこと言ってましたね。そう言われてはじめて気がつくようなことこそ、うまいことだと思う。

ところでツチノコと言えばこんな記憶があるので昔話をひとつ。
ツチノコについて話す機会なんてなかなかないだろうから。

中学生に上がるくらいのころ。ツチノコを探しに、大きな川まで出かけたことがある。オカルト、特に未確認生物に詳しい博士（あだ名）の誘いで、ツチノコなんていやしないのにねぇ、とすました顔でついていった。

最初こそ冷ややかに構えていたが、日当たりのいい斜面に巣を作るとか、お酒と鶏肉が好きだとか、いもしないツチノコの生態を解説されるにつれ楽しくなってきた。酒は無理だからファミチキを買って、見せびらかしながら歩いた。これはという穴まで見つけてもツチノコは見つからなかった。冷めたファミチキは、それでも育ち盛りにはおいしかった。

川に夕日の赤が滲《にじ》むころ、博士（あだ名）はぽつりと言った。

……ほんとうは、ツチノコがいないのわかってた。でも探したかったのは、ほんとう。

探すうちに本気になっていたのを悟られたくなくて、ふぅんとなんでもない顔をした。そしてまぁわかってたけどね、みたいなことを言った。ような気がする。自信はない。

そして、どちらともなく言い出して、斜面にいくつか穴を掘った。次に訪れるツチノコ探検隊を喜ばせたかった。最初に見つけた穴もずいぶん綺麗に掘られていた気がするので同じようなツチノコ探検隊応援隊のしわざだったのかもしれない。もしも同じ時期真剣にツチノコを探していた人がいたのなら、どうか時効だと思って許してほしい。

そのときの細胞はすっかり入れ替わったはずなのに、土の匂いと感触を覚えている。探しもしない探しものの途中で、見つかるものがあると知った。その後も不思議と、わからないとわかっていることばかり、わかろうとしている。

ふつう。みんな。じぶん。小さな部屋にこぼれる苦しみと孤独。意味や価値。希望や絶望。今日と明日を繋げる理由。

わからないとわかっているからこそ、わかろうとすることだけはやめてはいけない。

どれもこれも、掴《つか》んだと思ったそばからするりと抜けて、微《かす》かな感触だけが残される。

カウンセリングとはどこか、あの日のツチノコ探しに似ている。

うーん、うまいこと言ったな。

迷子日和

泣きつつある。ゆっくりと、しかし着実に。

路地をさまよい歩いている。逍遙《しょうよう》といえば聞こえはいいが、それは単なる迷子だった。
一見なんでもないような顔をしているが、なかば泣きつつある。もう泣きはじめている。

方向的にはあっちなのはわかっているから、早めに出て普段通らない道を歩いちゃお♪
そう決めたのは誰だったか。他でもない己である。上下左右でしか方向を把握できずに、
たまに左右も間違える。地理など塵《ちり》ほど身につかぬまま、のびのび育った。

ふと見つけた住所表示には『北町』と書いてある。それは何に対する北なのでしょう。

おまえが北にいるのか、北になにかあるのか、そもそも北ってどっちなのか。上のほうか。今この瞬間の上ってどっちなんだ。身体にとっての上は空なのに、空から見下ろせば身体から見て前が上になる。北町だとか、南町だとかの名前には情報がない。地名なんだからもっとこう、配慮があってもいいと思う。上下左右しかわからないひともいるんですよ。左右もぜんぜん間違うし。小さなころ、クレヨンしんちゃんの再放送かなにかで、ひろしが屋根の修理をするのをしんちゃんが誘導する回があった。あったような気がする。そこでしんちゃんが左右を間違えたのかわざと逆を言ったのか、とにかくひろしが落下する。よりにもよってその瞬間に「方向というものがあるのか」と気づきを得てしまったがために、いまでも左右を間違えまくる。これって訴えたら勝てますか。保険とか下りますか。

いやいや落ち着け、そんなことを考えている場合ではない。このままでは、今日という一日が、愚かな気まぐれによって目的地にたどり着けなかった悲しい日になってしまう。慌てるな。失敗ばかりの人生には、失敗ばかりの人生から学んだなりの処世術がある。

大きく息を吸う。からだという風船をふくらませるみたいにたっぷり。

……今日は素晴らしい迷子日和です。

呟《つぶや》く。小さく、しかし厳粛《げんしゅく》に。

今日は素晴らしい迷子日和です。
今日は素晴らしい迷子日和です。
今日は素晴らしい迷子日和です。

路地裏で、ひとり呟く。不気味と思われても仕方がない。それを気にする余裕もない。どのみちこの儀式を行わなければ路地裏でひんひん泣いている人間がいっぴき出来上がるだけで、もはや退路はどこにもない。

すこし考えてみてほしい。仮にあなたが路地裏を歩いているとする。目の前に突然、ひんひん泣いている人間か、うわごとのように今日は素晴らしい迷子日和ですと呟く人間が現れる。

さて、美しい心の持ち主であるあなたは、ひんひん泣いている人間を無視できるだろうか。できるはずがない。鉄の心で無視できたとしても「あの人はなぜ泣いていたんだろう」「助けてあげられなかった」とあなたの美しい心はひどく苛《さいな》まれるだろう。一生抜けない棘《とげ》になってしまうかもしれない。よって、この選択肢では誰も幸せにならない。

その点迷子日和人間と来たらどうだ。「そうか、今日は迷子日和なのか」と、横を通り過ぎればいい。それだけではない。迷子日和人間お墨付きの迷子日和。そのままあなたも迷子になってみればいい。きっと素晴らしい出会いがある。ギアをひとつ上げていくぞ。

今日は素晴らしい迷子日和です。
今日は素晴らしい迷子日和です。
今日は素晴らしい迷子日和です。
今日は素晴らしい迷子日和です。
今日は素晴らしい迷子日和です。
今日は素晴らしい迷子日和です。

いい調子だ。かなりびよってきた。むしろ迷子になる以外にすることとありますかね。人は迷子になるために生まれてきたのかもしれない。もはや人に許された行為って迷子になることしかないような気がしてきた。おぉ、迷子よ。

目的地にたどり着けない現実も、迷子日和としてしまえば見方が変わる。

落ち込んだ視線の先にある縁石《えんせき》の傷や汚れにも、刻まれた歴史の深みを覚える。迷路のようで憎たらしかった塀も、よく見れば透かしや模様が味わい深い。塀の上を歩いていた猫の表情も、迷子仲間を見つけた喜びの顔に見えてくる。

上を向いてみればモリモリした木の緑の上をやわらかく白んだ光が泳いでいる。世界ってもしかして美しいのか。

失敗ばかりの人生が発見したのは、努力による改善ではなく、空想による改変だった。写真を撮るときフィルターを切り替えるように、悲観のフィルターから楽観のフィルターに切り替えていく。極端すぎる気がしないでもないけれど、こうでもしなければ四六時中泣きっぱなしなんだからしょうがない。

迷子になった日は迷子日和。
動けない日はおやすみ日和。
食べすぎればまんまる日和。
よく晴れた日はこもれ日和。

どこまでも身勝手に、軽やかに切り替えていけばいい。世界とはどこまでも自分が見る世界でしかないのだから、好きなように見たらいい。ずれすぎたなら、見直せばいい。

そんな舐めた態度で生きていけると思うなよと怒られたことも、両手の指では足りないけれど、近頃は舐めまくっていたらそれだけ世の中が甘くなって面白いんじゃないかと思っている。

かつてすり切れるほど読んだドラえもんには、ハンディキャップという帽子の形をしたひみつ道具が出てくる。

被った本人の体力や知力といったあらゆるレベルが、そのまま周囲の人のレベルになるひみつ道具だ。そしてハンディキャップを使おうとしたのび太にドラえもんが言う。

「日本じゅうがきみのレベルに落ちたら、この世の終わりだぞ!!」


子守用ロボットから小学生に放たれたとは思えない、至極の暴言である。

しかしこの暴言には感動した。いいじゃないかこの世の終わり、世の中めちゃくちゃにしてあげたいなと思ったのを覚えているし、今も思っている。あの日からずっと、世界を自分のレベルまで引きずり下ろしてあげたいと思っている。

とはいえひみつ道具の開発にはまだまだ時間がかかりそうなので、一歩ずつできることから始めていくより他にない。都合よく世界を見ることも、その一環と言えなくもない。

迷子になった日を迷子日和と言い換え、寝坊した日を二度寝日和と言い換えるような、舐めた考えが世の中に増えたらどうなるだろうか。許される失敗の幅が広がり、窮屈さがすこしは和らぐのではないか。

失敗ばかりの毎日を、失敗日和に切り替え生きていく。
それは個人的な救済であると同時に、世界に対する抵抗でもある。

というか自分がぬくぬく生きているだけで世界の平均レベルが下がるのが面白すぎる。早く世界中をこのレベルまで引きずり下ろしてあげたい。息の詰まるような日々に風穴を開けてやりたい。穴だらけの世界はずいぶん風通しがよく、面白い音が鳴るだろう。

そんなことを考えながら住宅街を歩いていると小さな公園を見つけた。公園といっても名ばかりの、遊具もなにもない小さな空き地だった。忘れものみたいにぽつんと置かれたベンチに老人と杖が座っている。なんとなく見つめていると目があった。
そんな出会いに思わず顔がほころぶ。ふたりして、軽く頭を下げた。

待ち合わせにはふつうに遅れてふつうに叱られた。
迷子日和の方法論は、約束のない日に使ったほうがいい。それは本当にそう。

石の日

今日は石の日です。よろしくお願いします。
からだを起こすより先に、ぽつんと気づく。

息をゆっくりのばして感覚を精査《せいさ》する。さいわい頭痛や胃痛、動悸《どうき》など具体的な不調は見られない。とはいえそれは、具体的な不調へ翻訳される前のむなしさや、よるべなさに晒《さら》されるということでもあるから、本当のところさいわいなのかはわからない。

ふとんの中で手足の指をひらいてとじて、どれくらい動けるのかを見極める。座ったり転がったりするくらいならできそうだと判断した。一度壁にくちづけするようにからだを向けて、いきおい反対に転がる。どもん。音と一緒に床に落ちる。まずは一歩前進。しかし一段降格ともいえる。つめたい床の上で大の字になる。

横目でぐちゃぐちゃになったベッドを見た。あ、人生だと思った。

石の日はなんでも人生に見える。石の瞳は世界を乱暴に要約する。

正しい世界の運行からたったひとり、弾き出されているような気持ちになる。その運行に戻ることは叶わない。というよりもそもそも、ひとつの間違いとして世界に紛れ込んでいただけで、最初から居場所などなかったのだと、やわらかく腑《ふ》に落ちる。

ころころ床を転がって、スツールの下に頭をもぐりこませる。なんでもありませんよといったふうに立っているスツールの裏側にはびっしり大きなネジがねじ込まれていて人生だと思った。石のようにじっと、スツールのB面を眺めて過ごす。

石の日はいつも、このようにしてはじまる。正確にはこのようにはじまり、終わる。

石の日は、ちゃんとするぞと意気込んでいると戒《いまし》めのようにやってくる。ちゃんとするとは、先々のことを考え計画を立てまるで時間を支配しているように振る舞うことをいう。

石の日はいつも最初の雨のようにぽつり、落ちてくる。落ちてくるのだから止めようがない。そもそも、なにかを止めたり止めなかったり、そんな権利が自分にあるのだというおごりが、石の日をお招きしているような気もする。

時間に育てられていることを忘れないように。ぴしゃり、叱られる。

石の日との付き合いはそれこそ雨と同じくらいに長い。
いきなり電池が切れたように動けなくなるのは背丈が今の半分くらいのころからずっとで、病というにはあまりにしたしく結びついているから、観念して付き合っている。

だから石の日はいつも、ただ石として転がっている。

石は水や風、自分以外のすべてとぶつかって摩滅《まめつ》し、不可逆に損なわれながら、しん、としずまり、生まれることなく死につづけている。

小さなころの夢は石になることで、いま夢みるのも石になること。
もの言わず、もったりと、ただそこにあるだけのものでありたい。
水と風に磨かれて、つやつやしたからだにひかりを溜めていたい。
ときどき拾われて、飾られたり投げられたりするのも、悪くない。
むきだしのみじめさを武器にも鎧《よろい》にもしないで、そこにありたい。

いろいろとうまくいかないことばかりでも、たまたま石が人間のふりをしているだけと思えば、なんともなかった。なにせ石なのだから、転がっているより他にない。
人間が石みたいになっちゃったなら問題だとしても、石が人間になっちゃったのなら、まぁしかたないだろう。そういうものなので、いまさらわかってもらおうとも思わない。

そういえばよく行く整体で言われたことがある。

……石人間……いや、どちらかといえば人間石。

あのお仕事は客のからだについて、こんなこと言われちゃったよぉと話の種にするために誇張《こちょう》した深刻さをお土産に渡してくれるようなところがある。

そして実際、人間石と言われてややうれしいのであった。石なので石らしいと言われるとうれしい。

人間も人間らしいと言われるとうれしい……のだろうか。うれしい人とうれしくない人がいるような気もする。石も石らしいと言われてむっとする石がいるだろうか。いる気がする。

とはいえ、石らしく生きることは往々にして人間らしく生きることとぶつかる。

ある種の余計さを持って生まれたものは、人間らしさよりも他の生き方にしたたしい。

榛野《はるの》なな恵『ピエタ』には、そんな少女の姿が描かれている。

栗毛《くりげ》の馬の群れの中に1頭の白銀の小さなユニコーンがまぎれ込んでしまったような
ある種の余計な感受性の束を持って生まれてきた子供達がいるとする
余計というのは今の社会ではまだ使いみちが無くて
それがあるためにかえって生きることを困難にしてしまうものだから
本当の価値や意味をまだ知らない

栗毛の馬に紛れた白銀の小さなユニコーンと、人間に紛れた石ころひとつ。
彼女たちの感受性が繊細すぎるとすれば、こちらは鈍感すぎるのだろう。
しかし、根本のところは似たようなものだという気もしている。
余計にすぎるなにもかもを、双子のように捨てられないでいる。

他ならぬ自分自身に振り回されるうち、自分もまたひとりの他者であることを知った。
からだが石のようであることを望む日は、聞いてやるより他にない。いつまでも石に
なっているわけにいかないけれど、いつまでも石になっているわけにはいかないと焦れば
それだけ石になっていく。

石と人間のあいだ、やや石よりの位置にいて、そのあわいをたゆたっている。

このまま、石のように転がって終わるのも悪くない。石はいちばん小さい島だから。
そうあきらめがついたころ、ぽつんと人間に戻される。
あきらめなければ、あきらめられない。捨てたものだけが、手に入る。

雨の降り始めの匂いがする。雨待つ石は、ぺとりと香る。
ひとひとり、床に転がったまま。床のつめたさを感じる。

夢見るように雨を見る。
雨のはじける音がする。

さんざん、さんざん、雨が降る。

きみらは半分おとなであり
たぶん半分だけ未来であるだろう
半分だけ孤独で
おまけにまだ半分連帯であるわけだが
のこりの半分は
きみが責任を負うしかない
きみらがきみらである分を
季節はまにあわせてくれないのだ

石原吉郎「キャンパスで」(『新選　石原吉郎詩集』思潮社)

一切の責任を負います

『この駐車場で起きたトラブルについて、一切の責任を負います』
そう書かれた駐車場を見たことがあるだろうか。
もしあるならその駐車場はかなりやばいので、近寄らないほうがいい。

ショッピングモールの一階、フードコートから駐車場をぼんやり眺める。

『この駐車場で起きたトラブルについて、一切の責任を負いません』
ずいぶん四角い。四角い土地が四角く区切られ四角い看板に四角い言葉が書いてある。
駐車場は混んでいても空いていても、四角四面で堅苦しい。

車に乗らないから、駐車場とも縁遠い。生まれ持った脳みそは、車を見て、標識を見て両手でハンドルを持って、両足でペダルを踏んで、そんな複雑な操作に耐えられるようにできていなかったようで、免許は早々に諦めた。

そのくせ助手席に座るのは大好きで、もっぱら運転手の横ではしゃいでいる。したくてしているだけのことが、意外なほどに感謝される。起きて喋《しゃべ》ってるだけでありがたいとか。だから、運転しない代わりに助手席で寝ないことにしている。起きているだけでちやほやしてもらえるチャンスを逃すわけにはいかない。責任を背負って、はしゃいでいる。

ここでいう責任とは主体的に選び背負うもので、性質としては誓《ちか》いに近い。ほんとうに眠かったらぜんぜん寝ちゃうもんねと思っているからこそ、ふんばって起きていられる。

いつ投げ捨ててもいい誓いにだけ守る価値がある。課《か》せられた見せかけの責任や義務には、なんの価値も意味もない。絶対にやらなきゃいけないことなんてなくて、やりたいと思うことと、やれそうなことがあるだけ。そんな風にしか生きていけない。

選択には責任が伴う。だとすれば人生自体選んで始めたものではないから、人生に責任はない。もし責任というものがあるとするならそれはきっと、宇宙のはじまりにぽつんと取り残されている。

昔はきっと、神さまとやらが責任や義務を与えてくれた。今は、いなくなった神さまの椅子に「私」がちょこんと座らされ、責任という名前の幽霊と一緒に遊んでいる。

『この駐車場で起きたトラブルについて、一切の責任を負いません』

責任とは空想なので、取らせようと思えば無限に責任を取らせられる。だからこんなに四角い書き方になるしかないのだろう。

これが『この駐車場で起きたトラブルについて、一切の責任を負います』だったなら、かなりやばい駐車場だと一目でわかる。

にもかかわらず人間は『この人生で起きたトラブルについて、一切の責任を負います』みたいになってしまうことがある。自ら始めたわけでもなければ、自由に選べるわけでもない人生のあれこれについて、全責任背負ってます、みたいな顔をする。

そしてこうでなければいけない、と責任や義務を捏造《ねつぞう》しはじめる。ときには、勝手に作った基準を満たさない者をダメな人間だと非難する。矛先が自分に向くか他人に向くかの違いはあっても、どのみち悲しきモンスター、激やば駐車場人間である。

とはいえ、私は私の人生の責任を一切負いません、などと言っていると、真面目に人間をやっている人たちに怒られる。よって妥当な落としどころはこんなところではないか。

私は、私の人生の責任を一切負いません。同時に、他人に自分の人生の責任を負わせることも、他人に責任を押し付けることもしません。

そもそも責任という概念に無理があるから、自分のしたことの責任を取れと言われても困る。自分が生まれたのは自分のせいじゃないし、だとすれば自分のしたことの責任なんてどこにもない。無責任すぎる気がしないでもないが、無責任な人間なので仕方がない。繰り返しになるけれど、そもそも人間に責任はない。

そんなことを考えながらポテトをつまんでいると、目の前のこどもが縁石につまずいて転んだ。ガラス越しで音は聞こえないが泣いているように見える。衝動的に立ち上がり、フードコートを飛び出した。

ぐるっと回りエントランスを抜けて、ふぐふぐ涙をこらえるからだに声をかける。傷の具合を確かめてみれば痛みは落ち着いてきたものの、歩く気分ではないようで、ひとまずとなりに腰かけた。

止まった車をじっと見つめる表情がやけに熱っぽいので、車好きなのと聞いてみた。ん、と小ぶりなすいかくらいの頭を縦に振って言った。

……はやく、運転したい。

そして、車すきなの、と聞かれた。

すこし考え、運転できないけど乗るのは好きと答えた。こっちを向いて、言われた。

……こんど、乗せてあげる。

こんど。その言葉の距離と広がりが、なんとも眩《まぶ》しかった。

しばらく車を眺めているうち小走りでその親がやってきた。事情を伝えて引き渡す。
やたら頭を下げるからどうしたものかと思っていると、背中に隠れたひとと目が合う。
ふたりしてこっそり笑った。

フードコートに戻ると、捨てられていると思ったトレイがそのまま置いてあった。
固い椅子に座りなおすと後ろから声をかけられる。
……見てたよ。
捨てられそうなポテトを守ってくれたのも、その方だった。

並んで見ていた車はまだ止まっている。
すっかり冷めたポテトを口に含めば、やけにしょっぱく感じられた。
きっと一生握ることはないだろうハンドルを、ぼんやりと眺めた。

生まれつき免《まぬか》れていないかぎり、
どうしても乗り越えることのできない問題がある。

カフカ「乗り越えることのできない問題」（『カフカ断片集』頭木弘樹　編訳、新潮社）

スーパーマーケットという異界

スーパーマーケットという異界がある。異界とは、己が異物となる世界のことである。

スーパーマーケットに週に一度は訪れる。細々と得た金銭を、命を繋ぐ糧《かて》に変換する。不毛といえばどこまでも不毛な、それだけに避けて通れぬ日々の営みであった。

ところでスーパーマーケットとは、よく考えればすごい言葉だ。市場を超えた超市場。天下のウィキペディア様いわく『高頻度に消費される食料品や日用品等をセルフサービスで短時間・短期間に販売を行い、商品を安価に販売することを追求した小売業態』とか。説明の迂遠《うえん》さがすさまじいが、超市場の異常さを正確に捉えようとすれば、これくらいの回りくどさにもなるだろうか。ひとり納得する。

超市場の異常性とは、ひとえにとにかくたくさんのものであふれているというところ。たくさんのものがある。いや、ありすぎる。超市場では常に「自分にまるで必要ないもの」によって「自分に必要なもの」が覆い隠されている。

極端な偏食者で、食べられるものがひどくすくない。だから超市場で、途方に暮れる。いちばんダメなのはしいたけと牡蠣《かき》で、ともに天をいただかない。不倶戴天《ふぐたいてん》の敵である。高級なものもたいていそりが合わない。うなぎ、寿司、霜降りステーキ、うれしくない。いわゆるおこさまランチ的な、オムライスとかハンバーグとか、そういうものばかり好きでいるくせに、エビフライが好きじゃない。ひとすじなわでは、まるでいかない。天丼の味付けは絶対に好きなのに、エビ天が入らないことはないから、外で食べたことがない。濃すぎるくらいのつゆをつくり、かき揚げやささみフライにかけたものを、天丼とする。これをかき揚げ丼と呼ぶのはなんだか負けた感じがする（なにに？）から、天丼と呼ぶ。そういう意地の張り方ひとつ、ながいこと変えられないままでいる。

超市場の話。極端な偏食者にとって、超市場は食べられないものだらけだということ。たとえばお魚のコーナー。独特の匂いを漂わせるその空間に、必要なものは存在しない。

魚はほぐされた、骨抜きの腑抜けしか食べない。そしてそれはお魚コーナーにはいないのだった。

お肉のコーナーはまた難しい。肌寒い空間に敷き詰められた、かつて命だった塊の中にほんのすこしだけ必要なものがある。とりむねとささみ、脂身のほとんどない牛ロースも。
（あんまりないから、よく探す）
なにかを保存しておこうとする働きは、ひややか。冷蔵ケースのじんじんと震える音にお肉やお魚が厳《おごそ》かに震えている。

くだものやお野菜も同様で、ずらっと並んだその中に必要なものは片手で足りるほど。ヨーグルトや牛乳にしても買うものは決まっているし、使う調味料も両手で数えきれる。しかし調味料コーナーを見るのは楽しい。名前を見てもなんだかわからないものばかり。なんですかこのサンバルソースって。へぇ、チリソースの一種なんですか。それなら……あっ、魚醤《ぎょしょう》やえび味噌でシーフード風に。では、今生ではご縁がなかったということで。

お店のなかを歩き回っていると、世の中の食べものは、自分に必要ないものばかりだとよくわかる。そして、必要ないということは、必要とされないということでもあった。

人間は煮るとか焼くとかさまざまな、ときにはなんでそんなこと試したんだと言いたくなるような方法まで編み出し、だいたいなんでも食べられるようになった。余裕をぶっこいた人間たちはついに「なにが食べものなのか」まで決定するようになってしまった。いまや、「食べもの」とそうでないものとの境界線は、文化や宗教をはじめとした社会的な枠組みによって引かれる。牛や豚は食べものではないとする社会もあれば、犬や猫は食べものではないとする社会もある。人間はその社会の中で「食べもの」とされるなにかを共に口にしからだの中に収めることを通じて、社会の枠組みをも内在化していく。

ところで「同じ釜の飯を食う」という言葉に共同体への帰属意識《きぞくいしき》を示す意味があったり、「咀嚼《そしゃく》」や「腑に落ちる」といった言葉に、物事を理解し取り込むという意味があったりするのも偶然ではない気がする、気がするだけなので詳しい人は教えてください。

思いつきをこねくり回すうち、給食のことを思い出した。

前の思いつきを前提に考えれば、ある社会において「これは食べものである」とされたものを拒絶することはその社会を拒絶することでもある。つまり小さな偏食者にとっての給食の時間とは、社会との戦い、あるいは社会による一方的な蹂躙《じゅうりん》の場となる。

給食を拒絶するこどもは当時の学校現場にとって非常にやっかいな存在だったようで、指導の名目で人格を否定され、休み時間を減らされたこともある。人格と味覚にそこまで関係はないでしょうと思いながらも「みんな」のために作られた食事を受け入れられない人間は「みんな」の中に含まれないのだろうなと、小さな背丈なりに納得した。

苦しかったのは単純に食べ盛りのおなかがペコペコなことで、特に月に一、二回あるガーリックトーストの日はひどかった。主食がまったく食べられないものに置き換わり、クラスメイトの口がくさい。こんな悲惨な日もなかなかない。いや、月に一、二回ある。

学童保育に預けられていたから、午後七時くらいまでは空腹が続く。学童のおやつも、茎わかめとかチーズおかきとか苦手なものばかりで、ひとりぼっちで拒絶し続けた。

みんながあたりまえにできることができないばかりか、みんながあたりまえに受け入れているものを受け入れられない。異界とは己にとって絶対的な外側であり己の存在こそが異物である世界のことだった。異物は、動けば怪物となる。

そして怪物が生まれた。校庭の端のザクロかなにかをもぎ、落ちている実はひととおり洗ってかじった。クラスで飼っていたモルモットの餌も食べてみた。池のおたまじゃくしや金魚まで食べようとして、すべて吐き出した。怪物の進撃はまだ続く。最終的に同級生のやっちゃんの朝顔のプランターに生えたキノコを食べて寝込んだ。死ぬキノコでなくて本当によかった。振り返ればもっと他にやりようがあるだろうと思うけれど、疲れ切って視野が狭まれば、誰しも道理の通じぬ怪物と化す。ずいぶん早く、思い知った。

そんな日々もいまや遠く、からだばかり大きくなった怪物は、今日も異界を旅する。

「人間が喜ぶ食べものです」とされながら、まるで自分向きではない食べものに囲まれて超市場をくるくるさまよう。

どんなものが食べられるのか、その見当はだいたいついている。今更それを押し広げようという気もない。かごにはいつも同じものが詰められていて、お店の方に憶《おぼ》えられる。

……あの冷凍パスタ、こんどなくなっちゃうんです。買い溜め、しておかれますか。

心配そうに話しかけられた。

……ありがとうございます。それと、似た感じのものって、あったりしますか。

そうたずねれば、こころよく案内してくださった。その道中、あれしか食べられなくてと偏食者の告白をすると、あぁ、やっぱり。いつくしむように、笑われた。

……うちの子も、そうなんです。

怪物はすぐそこに、ひっそりと隠れ住んでいる。

超市場は食べられないものであふれている。日頃は目もくれないそれは、他の怪物にとって唯一の食べものなのかもしれない。そう思えば、食べられないものだらけのお店もとたんに宝の山に見えてくる。

ほしいものばかりの世界より、自分に必要のないものであふれた世界のほうが、ずっと豊かで優しい。超市場とは、優しい異界。

きっとこの世界は、異界であり続けるのだろう。きっと自分はこの世界にとっての異人であり、ときに怪物であり続けるのだろう。それならそれでやっていくしかない。

そんな風に考えていると、おいしそうな中華っぽい惣菜《そうざい》を見つけた。わくわくしながら持ち上げ、底に貼ってある原材料表示を眺める。

しいたけ。

おいしそうな中華にしいたけが紛れ込んでいると、本当にくやしい気持ちになる。

この世界はどこまでも異界で、相容《あいい》れない。怪物は泣きながら、とぼとぼ帰った。

ぼこぼこかまぼこ

ちょいとお休みをいただいたので、小旅行とあいなった。旅行といえば温泉地、それも飾らない町が好ましい。熱海や箱根はどうにも華やかで、粗忽者《そこつ》には肩身が狭い。そして行きと帰りのバスだけ決まったツアー未満のツアーで運ばれ、夏の湯河原にお邪魔した。

平日のど真ん中でありながら、逆にだからこそだろうか、バスは大きな荷物のお年寄りで賑《にぎ》わっている。発車するやいなや車内のあちらこちらでおやつの大交換会が開催され、脇を頭上を横に縦にどこで売ってるのよと聞きたくなる意味不明なおやつが飛び交った。渡り鳥のようにあちらへこちらへ飛び交うおやつの大群をものほしそうに眺めていると、後ろの席からちょいちょいと、くすぐるように声をかけられる。

……ねぇ、あなた。あさごはんは、食べられました？

からだをくるりと回し、背伸びして塀の向こうをのぞき見するように頭を出してみると、なんだかご利益のありそうな佇《たたず》まいのマダムがふくふく笑っている。朝食の習慣がなく、くだものをすこしつまんですませているので正直に、ごはん食べてないです、と答えた。

……なら、食べないといけません。おなかがすいては、かわいそうですもの。

そうして、なんらかの銘菓の偽物っぽい意味不明なおやつをもらった。

ちなみにこのお菓子はどちらで買われたんですか。たずねてみれば、教えてくださる。

……シモダさんですよ。

シモダさんだった。なんなんだろうかシモダさん。

それから、シートで落ち着くための姿勢をもそもそ探ったり、大きなバスには窮屈そうな裏道の、見慣れないお店の名前を調べようとしてスマホを手に取った瞬間忘れたりしていると、前の座席の背もたれからひらひらと手が生え、呼ばれる。おぉい。おぉい。

なんでしょうか。身を乗り出してのぞいてみれば、枯れ木の色気があるムッシュが、肩をすくめて笑っていた。


……おまえさん、あさめしは食ったかい。

なんか似たようなことさっきも聞かれたな。食べてたパターンだとどうなるんだろう。

くだものをすこしつまんできていたから、正直に答えた。あさごはん、食べてきました。

……じゃあまだまだ食えるな。たくさん食べなきゃならんよ、ほれ。これも。ほれ。

またもや、なんらかの銘菓の偽物っぽい意味不明なおやつをもらった。ちなみに、このお菓子はどちらで買われたんですか。たずねてみれば、こちらも教えてくださる。

……そりゃおまえ、シモダよ。

またシモダだった。なんなんだシモダ。


とことこバスに揺られていれば、運転手さんの声がかかる。

……そろそろ、ご休憩となりますからねぇ。みなさんおなかもすかれましたでしょう。それとも、おやつをたくさんお食べになられて、案外大丈夫という感じでしょうか。

さぁ笑いどころですよといわんばかりの声の運びに、みなさん、まんまと乗ってやる。

あらやだぁ。でもまだまだ入るよねぇ。別腹よぉ。色とりどりの花のようにかしましい。


かまぼこみたいな形のトンネルを抜けてみれば、うらぶれた道に真新しい建物が出現。かまぼこの歴史について教えてくれるらしい施設の横に、巨大なかまぼこ屋さんがある。

ここでお昼を食べてくださいねということなのだろうが、まいった。なにせこのからだ、練り物の類《たぐい》をいっさい受け付けない。右を見ても左を見てもかまぼこかまぼこかまぼこ。

旬の素材の練り込みかまぼこ。切れてるかまぼこ。手のひらサイズのかわいいかまぼこ。生かまぼこ（生かまぼこ？）。超特選蒲鉾《かまぼこ》『鹿の子』（しかのこ？）。かまぼこぼこぼこ。

かまぼこ好きからすれば天国のような場所は、なにひとつ食べられるものがないひとつの地獄だった。お惣菜コーナーではピザに擬態したかまぼこに、デパ地下風のコーナーではカステラに擬態したかまぼこに襲撃された。もしかするといつの間にか、すべての食べ物がかまぼこになってしまった世界へと迷い込んだのかもしれないと、本気でそう思った。かまぼこの群れにぼこぼこにされ泣きそうになっていると、施設の方から声がかかる。

……大丈夫ですか？

はい。なんとか。かまぼこばかりで面食らってしまって。正直な気持ちを告白する。
……そうですか。体調不良などでなくてよかったです。安心してください。ここなら
きっと、お気に召すかまぼこが見つかるはずです。どのようなかまぼこをお探しですか？
輝くような笑顔でそう言われ、もう逃げ場などどこにもないのだと悟った。世界はもう
とっくにかまぼこに支配されていて、かまぼこを繁殖《はんしょく》させることだけが唯一至上の価値
になっていた。見渡す限りかまぼこかまぼこ。かまぼこのソーセージ。海のソーセージで
シーセージだとか、なんだそれ。かまぼこジャム。かまぼこソース。かまぼこジュース。
かまぼこカー。かまぼこ電車。かまぼこの花。かまぼこの巣。すべてがかまぼこになる。

まだかまぼこにされていないものはないのか、生き残りはいないのか。泣きそうになり
ながらあたりを見回すと、ちょこんとかわいい魚の姿が見えた。すがるように魚のもとに
たどり着いて、手を伸ばす。

『おさかなかまぼこ』

かま
こ
かまぼこ
かまぼこ
かまぼこ

おさかなたちがすり身にされたあげく、もう一度魚の形に整えられたかまぼこだった。むごすぎる。お肉屋さんの看板でブタさんや牛さんが「おいしいよ！」みたいに言ってるやつのほうがまだいくらかマシだと思った。

すぐ近くで、なぁんだお好み十選たってぜんぶかまぼこじゃねぇか！　と笑っていた人がさっと取り囲まれどこかへ連れて行かれた。きっとすり身にされてもう一度人間の形に整えられたかまぼこ人間にされるんだ。怖すぎる。誰か、誰か助けてくれ。出口を求めて走る途中、ウルトラマンがかまぼこにされていた。もう完全に駄目だった。すでに人類の大半はかまぼこ人間に置き換わっていたのだ。いっそのこと素直にかまぼこ人間にされてみるのはどうだろうか。食えないやつと指をさされてきた半生を思えば、それも悪くないのかもしれない。骨を抜かれ、やわらかく整えられて、迷惑をかけてきたみなさまに食べていただくというのもひとつの償いではなかろうか。どうだろう。うーん。やっぱり嫌だ。珍味であることを自覚しながら、みんなにおいしくいただかれたいと思うのは過ぎた願いだろうか。過ぎた願いだとして、それのなにが悪いのだろうか。負けたくない。なにに？無論、すべてに。食べにくいあなたも食べやすく加工してあげましょうねと、まるで善行のように人をすりつぶす、世界のすべてに抗いたい。戦え。戦え。戦え。走れ走れ走れ。

絶叫寸前で施設を飛び出し、バスに飛び込んだ。出発時刻より明らかに早かったので、運転手さんに心配されてしまった。

……ずいぶんお早いですね。かまぼこ、お嫌いですか？

無事に戻ってこられた安心感からか、苦手なんですと言いそうになって、はっとした。そう答えるのは、なにかまずい気がした。嫌いではないんですけどね、と濁して答える。

そうですよね。

にっこり、笑っていた。真夏の光の角度のせいか、板にはりついたような笑顔だった。なにか致命的な間違いの中に放り込まれていて、そこから抜け出してきたような浮遊感があった。ふらふらと座席に戻れば震えに追いつかれた。変な夢を見た後みたいだった。ぼうっとするうち、おなかがすいていることに気づいた。かばんをごそごそと探れば、なんらかの銘菓の偽物っぽい意味不明なおやつたちがころころしていた。小麦粉だの水飴だの、似たような材料で作られた偽物の銘菓たち。そのとんでもないカロリーにこれほど助けられたこともなかった。ほんとうにおいしくておいしくて、ちょっと泣いた。

慈悲深い偽物の銘菓たちに喉をぱっさぱさにされながら、なんとか息を吹き返す。次第にお年寄りたちも戻ってきて車内が賑わいを取り戻す。そのうち誰かがぽつりと呟いた。

……まぁ、シモダのが安いな。

なんなんだシモダ。でもありがとうシモダ。いや、ちょっと冷静になろう。もしかして世界はとっくにシモダに支配されてしまっていたのかもしれない。もしかするとこのままシモダにされてしまうのかもしれない。シモダにされるってなんだ。そもそもシモダってなんなんだ。でもかまぼこにされるよりはいいか。うん、すり身にされて、もう一度人間の形に整えられて人間かまぼこにされるよりはよっぽどいい。シモダ万歳。ビバシモダ。

ぬいぐるみは役に立たないから

ぬいぐるみは役に立たない。無駄で、無為《むい》で、だからやさしい。

ときどき、ぬいぐるみを投げている。ふかふかと、揉《も》んでみたりもする。ぬいぐるみは文句も言わずされるがまま、人間の勝手に付き合わされてふっとんだり、ふぎゅ、とつぶれたりしている。放っておかれればそのまま、じっと転がっている。

ぬいぐるみには命がないから、死なない。そのことに、ひどく救われている。命がないから命があるように扱ってもいい。命があったら、命がないように扱うことはできない。ダブリンの写真家、マーク・ニクソンの『愛されすぎたぬいぐるみたち』には、いっそ残酷に思えるほど「愛されすぎた」ぬいぐるみたちの姿が収められている。

キスをされすぎて顔の毛がぜんぶはげてしまったテディ・ムーア。
ちぎれそうな首で、顔の中に鼻が埋まって穴になっているテッド。
からだのすべてが糸になり、今にもほどけそうなキリンのゲリー。

ぼろぼろのぬいぐるみの写真に持ち主が語るぬいぐるみとの思い出が添えられ、傷跡に愛の痕跡という意味が付与される。ぬいぐるみに対しては不可逆の傷を負わせることさえ愛の証明になるというのだから、すさまじい。

マーク・ニクソンは本の序文で、こう語る。

何もわからなかったとき、そばにいてくれた
何があろうとも、そばにいてくれた
(中略)
秘密は絶対に守ってくれ、見返りも求めずそばにいる

幼い愛は純粋な愛で、純粋な愛は身勝手で残酷な愛だから、見たいようにしか見ない。聞きたいようにしか聞かない。触れたいように触れて、傷つけたいように傷つける。

幼い愛を受け止めるのにぬいぐるみ以上の適役《てきやく》はいない。話しかけられ、抱きしめられどれだけ汚され潰されても、きょとんとしたたたずまいで、されるがままでいてくれる。命ある他者との繋がりの中ではひどく難しい、愛したいように愛するという欲望さえも、やわらかな縫われたからだで包みこむ。

一緒においしいものを食べたい。となりで綺麗な景色を見たい。やさしい言葉をかけてほしい。なにも言わずそばにいてほしい。

ぬいぐるみを愛したいように愛することで、自分がどのように愛されたいのかに気づくこともある。そして、気づけなくてもまったく問題はない。ぬいぐるみは無駄で無為で、役に立たない。役に立つなら、それは道具になる。ぬいぐるみはなんの役にも立たない。ただやわらかな愛のいれもので、いれたものを取り出すこともできない。それでいい。

実家のリビングには、ピカチュウのぬいぐるみが座っている。二十年以上前に作られたもので、広く知られているピカチュウの見た目より、だいぶずんぐりむっくりしている。

発売当時は、等身大のピカチュウぬいぐるみとして売り出されたそうで、これで自分もポケモントレーナーになれるのだとはしゃいだものだった。サトシがそうしていたようにピカチュウを肩に乗せようとしたらまんまるすぎて完全に肩からはみ出した。

その昔、戦う能力なしと判断されたまんまるピカチュウは、いまは椅子に座っている。孫が収まっていた定位置は、いつしかまんまるピカチュウの定位置に変わった。まんまるピカチュウは今日も祖母とにらめっこしている。まんまるピカチュウが勝ち越している。

祖母はときどき、孫をぴぃちゃんと呼ぶ。まんまるピカチュウを孫の名で呼ぶ日もある。どちらも黙って座っているから、祖母にとっては同じようなものなのかもしれない。ただし孫のほうは偏食なので、たびたび小言でつつかれる。

……なんでも食べないとだめだよ。ねぇぴぃちゃん。

なにかにつけ、ねぇぴぃちゃん、とまんまるピカチュウもそう言ってるよという感じでたしなめられる。まんまるピカチュウはなにも言わないから、なんでも言わされる。

……ぴぃちゃんは動けなくてかわいそうだねぇ。

……ぴぃちゃん、ごはん食べられなくてかなしいねぇ。

祖母はたびたび、まんまるピカチュウをあわれむ。


……ぴぃちゃん、年もとらないし、病気もしないし、痛くないからいいねぇ。

……ぴぃちゃんが生きてなくてよかったねぇ。死なないもんねぇ。

祖母はたびたび、まんまるピカチュウをうらやむ。


まんまるピカチュウの前には、いつもくだものやおやつが置かれている。

……ぴぃちゃんよかったねぇ。うれしいねぇ。

しばらくすると、取り上げられる。まんまるで、やわらかい仏壇のようだと思う。

ピカチュウのためにとくだものやおやつを買ってくることで、食べることを楽しめる。

自分のためだけに贅沢をできないひとにも、ぬいぐるみはやさしい。

まんまるピカチュウは、生きていないから死なない。動かないから、いなくならない。
しっぽが取れたのを、祖母が付け直した。重心が前のめりだから、支えがないと転ぶ。
まんまるピカチュウは孫より先にくだものをもらう。焼肉の日には、どかされている。

めそめそメソッド

『これより、めそめそメソッドを開始します。覚悟を完了してください』

スマートスピーカーの宣言と共に部屋の照明が消え、中央のライトだけが青白く灯る。

『すべてを嘆き、悲観し、思うがままに乱れてください』

一呼吸遅れて、時計がこつこつと針を進める音が再生される。こつこつ。こつこつこつこつこつ。

——了解。めそめそメソッド、開始。

ぅぉぉん。今日もなにもできなかった。なにかしようとしたところで、うまくいかない。きっといつまでもこのままか、より悪くなるかしかないんだ。仮面を剥いでもその下にはまた別の仮面があるんだ。あの本棚を買ったのは間違いだったんだ。180センチちょうどじゃないかと買ってみたら天袋につかえて微妙にサイズが合わなかった。いつもいつも、いらないものばかり買って本当に必要なものはなにひとつ手に入らないんだ。弱火で10分なら強火で5分ですねみたいな早合点で、人生のぜんぶを失敗し続けている気がする。

みるみるうちに気分が落ち込んでくる。精神は重力に従い投げたボールが落ちるたぐいの自然さで落下する。

自分で世界を捨てたような顔をして、自分が世界から捨てられたのを認めようとしないだけなんだ。すべてから切り離されているんだ。こころはひとつの無人島で、いくら助けを呼んでも船は来ないんだ。終わりを待つのにも疲れたんだ。救われたいという気持ちさえ満足に保てない、もはや救いからも救われなきゃいけないんじゃないか。深淵《しんえん》をのぞくとき深淵もまたひとりぼっち。しーん。えーん。

だからもう、

『めそめそメソッドを終了します。ゆっくりと深呼吸をし、立ち上がってください。キッチンから好きなものを取ってきてください。ごきげんなプレイリストを再生します』

――了解。めそめそメソッド、終了。

立ち上がり、冷凍庫からちょっと高いアイスを取り出す。自動的に点灯した間接照明が暖色を広げていて、落ち着く。立ったままアイスを一口。おいしすぎてワロタ。ちょっとオリーブオイルとかもかけちゃおっかな。うますぎてワロタ。みんなにも教えてあげよ。プールの中でスキップしてるみたいな緩やかなスイングの音楽が流れてる。よし踊るか。wow。

うぉううぉういえーぇうぉういぇふぅーふぅー。

三十分はうぉううぉう踊っていただろうか。からだの操縦が下手すぎて二、三回ひっくり返ったあと冷静になり、ぜいぜい息を吐いて床に転がる。ひんやりとつめたい床が、気持ちいい。さて、そもそもなんでこんなことになってたんだっけ。

そうだ。今日はめそめそメソッドの日だったのでこんなことになってるんだった。

説明しよう。めそめそメソッドとは文字通り、めそめそするためだけに作られた特別な時間のことで、週一回、一時間を目安に以下の手順で実施される。

⓪：当日はめそめそメソッドの後に予定を入れない（だいじ）
①：スマートスピーカーに「これから泣きます」と宣言
②：設定により自動で照明が寒色になり、時計のこつこつ音が再生される
③：溜まった悲しさ苦しさを全力で味わう、この世の終わりみたいな勢いで落ち込む
④：一時間後、スピーカーが終了の合図と共に照明を暖色にし、好きな音楽が流れる
⑤：とっておきのおやつを食べたり踊ったりする

めそめそメソッドを始めて五年ほど経つ。いまでも改良を重ねていて、進化している。めそめそメソッドは、環境の調整によって自室を普段過ごす世界に対する異界にする。その異界にいる間はどれだけ悲観的でもいいし、泣きわめいてもいい。筋の通らない泣き言をつらつら垂れ流してもいいし、獣のように吠《ほ》えてもいい。

さらに時間や場所を限定することによって異界の論理が日常を侵食することを防げる。落ち込むのはここまで、続きはまた次回、と区切りをつけられるようになる。絶望を消し去ることはできなくても、部屋のすみっこにどけておくくらいはできる。

打たれ弱いくせに柔軟性に欠け、曲がらない上やたらとへこみやすい、厄介な金属素材みたいな人生だったけれど、辛《つら》いことや悲しいことがあったときは、めそめそメソッド用に取っておこうと一度立ち止まることで問題を減らせるようになった。おかげでいきなり道端で泣いてしまうといったことも少なくなった。少なくなっただけでまだたまにある。

辛さや苦しさを、無視したり押し殺したりするのではなく、ただそのままの形で異界に放り投げておくこと。乗り越えるためや糧とするためではなく、ただ味わうために味わう異界が確保されているということ。それによって、どうにかこうにか生き延びている。

これは心理カウンセリングにおける治療構造の考え方とも繋がる。場所や料金、時間や頻度などを明確に設定することで治療空間の強度は増し、人生の重みに踏み固められた、心的な地層を掘り進めていく助けになる。これだいぶそれっぽいな。なんだか賢くなったような気がしてきた。めそめそメソッドをバカにされたときの反撃に取っておこう。

さて、そろそろからだが冷えてきたのでお風呂でも入っちゃいますか。浮かれた足取りでお風呂場に向かうと、いやにカラッとしている。あぁ、お風呂を沸かし忘れていたのか。

よくよく調べてみると、忘れていたのは栓だった。あまり知られていないことだけれど、栓をしないでお風呂を沸かそうとするとお湯はぜんぶどっかに流れる。知ってましたか。

いやこれ先週もやったな。改善が見られない。なにをやらせてもダメ。同じミスをなんど繰り返す気なのか。ちくしょう、この風呂釜は人生そのものだ。もう熱く沸き立つことはない。空っぽのままいつまでも——めそめそメソッド緊急発動。この苦しみを遅延する。

今日はスーパー銭湯豪遊ハッピーデイに変更となりました。

この苦しみとは次回のめそめそメソッドでお会いしましょう。それではまた来週。

ゴッホとズボン

季節との約束みたいに風邪をひく。

生来の打たれ弱さからか、生活のいたらなさからか。なにか大きなきっかけがあるわけでもなく、季節の歩幅に合わせて風邪をひく。

ずいぶんと大股な冬にかまけて、衣替えをおこたった。春を飛びこして夏の日が差したから、部屋着の半袖で出かけた。夜にはおいてけぼりの春にぶつかって、さむかった。

そしていつものように風邪をひく。上着を着ていようが、きっとどうあれひいていた。

運命とまではいわないが、ひとつのきまりごととして、節目節目に風邪をひく。

多いのは、はしゃいで遊びまわったあと。浮かれた足と土の隙間を風邪は見逃さない。するりと足からはいあがって、こんこん、とびらをたたく。

こん。
咳《せき》が出た。
あいだにいくつか山があるようにひっかかる咳のあと、なじみの香ばしい味がした。
咳の味や、きいろくつまった鼻水をぢんっとしたあとの匂いが、嫌いではない。

季節との約束だと知ればこそ、耐えられる。ふってわいた不幸でなく、あらかじめ来るとわかっている客なら、もてなしようもある。

すみません、風邪をひきまして。当社比でたくさんのひとにメールを送る。
弱りきるまえに、すませる。臆病なまわりくどさは、病弱な者の知恵だった。

調子の狂いにも気づかず無茶を続けて、よく倒れた。それを美徳と胸をはった。
結果よりも過程を見てくれとわめいていたのは、なんの結果も出せないからだった。
道のりを振り返ってみれば、ぐるぐる不格好な円だけが、あしあとのすべてだった。

食べ物の備えは十分ある。そもそもからして、冷凍ものに具材を足すとか、すこし手をかけるくらいしかしていないので、風邪をひいてもあまり変わらない。

ただ生の野菜とくだものを食べられなくなるのだけは、こころもとない。

薬のそなえも確認し、いつもは3本のところ4本ソーセージを足したペペロンチーノをさっと食べ、えいやとお風呂に入る。経験上こればかりは熱が出るより先に思いきったほうがいい。予想では7時のところ実際には8時に熱が出た。35度くらいがふつうのからだにとって、37度3分はりっぱな発熱だった。

まっさきに喉がやられて、歌えなくなった。缶詰みかんがちくりとしみて、痛い。

おくれて鼻水がひどくなり、だらだら垂れる透明な左と黄色くつまった右の二大政党制となった。鼻の構造上そんなことあるかと文句を垂れたくなった。台風が戸をたたくような頭痛で、調べる気力もわかなかった。そんな状態が二日ほどつづいた。

病気のときに病気のことを調べてもいいことがないから、結果的にはよかった。

あおむけのまま、けほ、と咳をすると、壁にぶらさげたギターが、ぉん、とないた。
かたちもあいまって、象のようだった。病んだ耳には、ささいな音がよく響く。
枯れ葉をかたどった響きのための穴が、やけに痛々しかった。
どんな音ならこたえてくれるのか知りたくて、おさえこまずに咳をした。
ごぉぅっほ
　　　　ずぼぉん
いまゴッホって言っちゃったな、と思った。ギターはズボンとこたえた。
ごっほ
　　　　ずぼん
ごっほん
　　　　ずっぼん
ぉほ
　　こっ……
ごっほぉん
　　　　ずっぼぉん

いくらか繰り返して、ちょっと泣いた。
涙をまくらに吸わせるために横向きになった。椅子の脚でえぐって傷つけた木目や、コーヒーをこぼしてついた壁紙の染みがやけに気になる。色の深いフローリングにほこりが目立つ。ころがったぬいぐるみが、毛のほつれからほどけてしまいそうで、こわい。

病んだ感受性は、世界の細部としたしい。
ささいな音がよく聞こえる。ささいなものがよく見える。
世界をひとつの織物《おりもの》としたときの、糸のまじわりのひとつひとつが気にとまる。
たったひとつのほころびが、すべてをだいなしにしてしまうのだと感じられる。
ひとつひとつのつらなりが、この世界を形作っているのだと知った気にもなる。

どこまでもせまいのに、どこかひょうびょうとしたところにいる。

神は細部に宿るのではなく、細部を見つめる視線に宿る。
それか、細部にすました耳に。こまやかさをこぼさないよう、ふるえる手つきの中に。

ところで神は細部に宿る、とは誰の言葉なのだろう。なんか偉い人っぽい。

偉い人の靴、舐めて得ならぜんぜん舐めます。おなかだって見せちゃいます。

神がどこに宿るのかについて異論がある人は小切手と一緒に問い合わせください。いつでも手のひらひっくり返しますのでご連絡ください、宛先は……


などと考えているうち、いつのまにか眠っていた。それか、起きていた。

夢に片足を浸かっているから、眠っていても起きていても、あまり関係なかった。

起こしたからだのすこやかな乾きに風邪のおくれ毛を見つけた。


咳のたねを喉の奥からひっぱりあげて、わざとらしく咳をしてみた。

こっほん。


ギターはなにも言わなかった。

それが最後で、つづきはなかった。

名前も知らない鳥の声がよく聞こえた。窓を開けて、つまった空気を捨てた。

いちばん好きなのは、明日には治る風邪と過ごす一日で、だから外には出なかった。

ゆっくり風呂につかったあと、コーヒーをいれて、すすめてもらった本を読んだ。

どこにもいけない人たちの話だった。


本のなかで、ある人がこう言っていた。

「人は何かを消し去ることはできない——消え去るのを待つしかない」

そうですなぁ、と思うのと一緒に、もうひとつ、つけくわえたいと思った。


なにかを消し去ることはできない。消え去るのを待つしかない。

そして、消え去ろうとするものを、ひきとめることもできない。

追憶が僕らの血となり、目となり
表情となり、名まえのわからぬものとなり
もはや僕ら自身と区別することができなくなって
初めてふとした偶然に
一編の詩の最初の言葉は
それら思い出のまん中に
思い出の陰から
ぽっかり生れて来るのだ

リルケ「マルテの手記」（『マルテの手記』大山定一訳、新潮社）

いなくなったエビ

パンはパンでも食べられないパンってな〜んだ。
そう。フライパンである。
カニはカニでも食べられるカニってな〜んだ。
そう。かにぱんである。
かにぱんとは源氏パイなどで有名な三立製菓が作っているカニのかたちのパンのこと。
生来の偏食で甲殻類を受けつけないこの口が食べることのできる、ほぼ唯一の甲殻類。

かにぱんの魅力については、見た目のかわいさだけでなく軽やかな甘さや、とても長い賞味期限、さらにちぎった各部を入れ替えいろいろな形を作って遊べる拡張性の高さなどいくらでも語れるが、ここに記すには余白が狭すぎるので置いておく。

さきほど、ほぼ唯一の、と書いたがほんとうはもうひとつ、食べられる甲殻類がいる。いや、正確には、いた。もういなくなってしまったけれど、たしかにそこにいた。

通っていた学校の最寄り駅はちょっとした商業施設と一体になっていて、その中に上品な古めかしさのパン屋さんがあった。そこでよく買ったのが、エビパンだった。

ちぎりやすいようたがいちがいに繋がったフランスパンのような生地の中にベーコンが入った、とてもうれしいパンだった。(偏食家にとって食材はシンプルであるほどよいし、ずぼらでもあるから歩きながら食べやすいとくれば、なおうれしい)

パン屋にはイートインスペースがあったけれど、一度も座ったことはなかった。未成熟のからだは世界を歩き回るのに夢中で、じっと座っていることが大の苦手だった。

放課後はよくエビパンをちぎって食べながら町を歩き、ときどき川を眺めた。その川は学校の近くまで続いていたから、みんなの遊び場でもあった。誰かが川でエビを捕まえたと騒いでいたような気もするが、自分で見つけたことはなかった。

食べ盛りのからだとこころには、エビといえばエビパンのことだった。それは川の中に棲《す》んでいるらしいエビよりも、よっぽどりっぱにエビだった。

エビパンはエビに似ているからエビパンなのだった。ふかふかと水滴がつらなったような形もエビの背中のようだと思っていた。どうにも一度そうと納得したことについて考えを凍結させるくせがあり、だからエビパンのエビらしさになんの疑問も持っていなかった。むしろ、エビパンってめちゃくちゃエビで、エビすぎるとさえ思っていた。

夏のはじまりのころ、川沿いの道をぷらぷらと歩いていた。帰るつもりのない帰り道が重なっただけの食べ盛りがふたり。だからどちらともなく、おなかすいたね、と言った。

そこではじめて、エビパンという食べ物を紹介した。エビパンを買って、わざわざ川のほうまで戻って歩いた。エビパンがエビすぎることを、知ってほしかった。きっとそれくらいには、好きなひとだった。


ふたりでエビパンをかじるうち、となりのひとがつぶやいた。

……なんかさ、エビパンって言いにくいよね。

なに言ってんのと思った。エビパンなんて、言いやすいランキング上位でしょう。


振り返れば、やさしいひとだった。自信満々に、ほらエビパン、などと言っているばかにやんわり間違いを伝える声かけとしては最上の部類に入ると思う。しかし、そのときは心の底からなに言ってんのと思った。エビパンは言いやすいでしょう。なんだエピって。

……エピって麦の穂のことなんだって。

エビパンがぶんどられ、そのひとはふたつのパンを花束のように抱えて笑った。

……ほら、むぎむぎー。

その瞬間が、痛まないのに消えない傷跡みたいに残っている。

よく覚えているようで、なのにまったく覚えていないような。

鮮明に思い出せることほど、ほんとうは忘れられたことなのかもしれない。

覚えているのはただ、青みがかった夕焼けの日だったこと。

エビパンはふたつ重ねるとたしかに、麦の穂のように見えたこと。


その日、エビはどこかに消えた。だまし絵のようで、一度そう見えたならもう、麦の穂にしか見えなくなった。さみしかったが、まぁいいかと思った。薄情なのだ、根っから。

変わろうとしたわけでもなく、変えてもらったというわけでもなく、ただ、変わった。

エビはパンから飛び出した。おいてけぼりのパンは麦の穂を模したエピパンになった。


……エ『ピ』パンが1点。

お店の人は、いつもつまずいたみたいに言う。言いにくいですよね。そうつぶやくと、ほんとですね、いつも噛んじゃって。ほがらかに、笑われる。

エピパンを見かけると、つい買ってしまう。大人と呼ばれる年になっても、イートインにはなじめない。相変わらず、エピパンをちぎりながら歩く日々。エビはもういない。

エピパン。エピパン。うん、たしかに言いにくい。エビパンなら、言いやすいのに。

パンから飛び出したエビはきっと、今もあの川を泳いでいる。

それはもういなくなってしまったエビで、それでもたしかにそこにいたエビだった。

うまくいかないことは、うまくいかないままにしておかなくては。
さもないと、もっとうまくいかなくなる。

カフカ「うまくいかないこと」（『カフカ断片集』頭木弘樹 編訳、新潮社）

穴のない靴下は存在しない

穴のない靴下は、存在しない。
問題があるとすれば、その穴に必要な穴といらない穴があること。
足を入れるための穴の他に、いらない穴があいた靴下をたくさん持っている。
……捨てちゃいなよ。
そう言われるたび、うーんと考えるふりだけして、後でこっそりしまい込む。

十二歳の春に買ったナイキの黒い靴下に人生の半分ほどを支えられてきた。それまではすくすくと裸足《はだし》で育って、合わない布を脱ぎ飛ばしてきた。靴下を穿《は》かせたい大人も裸足でいたい足も、それぞれ必死だった。誰かこの足を靴下に埋められる勇者はいないのか。逆伝説の剣状態である。

そこに彗星《すいせい》のごとく現れたのがナイキの靴下だった。唯一拒絶反応が起こらなかった伝説の靴下ナイキ。わがままな足はついに主を認め、靴下に埋まる覚悟を決めたのだった。
手に入る限りの同じ靴下を掻き集め穿きつぶしてきた。この靴下がなくなってしまえば裸足の野生児に戻るしかない。しかしナイキたちの命もいよいよ尽きようとしていた。

目、口、耳、鼻。およそ感覚に関連する穴という穴がそれぞれ巨大なこだわりを持つ。目は穴じゃないという意見もあるけれど、目もまた光の落ちる穴だ。人間とは歩く穴だと言える。問題なのはその穴に、素直な穴とわがままな穴があるということ。

強い光はだめ、コース料理もだめ、大きな音もだめ、埃《ほこり》もだめ。靴下が穿けないのもきっと毛穴とかのせいだと思う。合わない靴下は毛穴が息苦しくてみゅっとする。
行く場所も食べるものも、身につけるものも限られるから、どうしたって人生の経験値が足りていない気がする。穴のこだわりに振り回されるうち、穴だらけの人生となった。

背丈の伸びきらないころは、好き嫌いの激しい自分が悪いのかと落ち込んだ日もあった。しかしなんのことはない、からだがわがままだっただけのこと。わがままボディなのだ。

決してわがままを言っているのではない。わがままボディに、振り回されているだけ。そう考えるようにしてから罪悪感がやや和らいだ。ある種の過敏さを抱えた者はちょっとふてぶてしいくらいで生きたほうがよいというのが、穴だらけの人生なりの教訓だった。

とはいえ穴だらけのナイキたちと共倒れするわけにもいかない、なんとかしなければ。なのでここ最近は靴下を買うだけ買ってはダメだこりゃを繰り返し、余った靴下を人々に押しつける怪異《かいい》、靴下配り人間と化していた。意外にも助かると評判がいい。

ところがこのたび運命的な出会いがありました。こちらミズノさん。

苦節十余年、探しに探してやっとめぐり会えた、ナイキの他に穿ける靴下。思考と決断に必要な資源はできるだけ温存したいので、生活用品はなるべく種類を絞りたい。だからナイキとはここでお別れ、これまで長い間お世話になりました。ほんとうにありがとう。

袋に詰められたいらない穴だらけの靴下に感謝を伝えると同時に、ふと思った。
いや、まだいけるのでは。

ぴんと揃《そろ》ったミズノは、長年連れ添ったナイキとは大違いの毛玉ひとつないしゃらんとした黒ながら、同じような位置に同じような大きさのワンポイントがちょこんとついて、どこか在りし日のナイキの面影がある。

というかこれ交ざっててもわからないのでは。どっちもなんか白くてシュッとしたロゴがあるだけだしいける気がする。ナイキのロゴは勝利の女神ニケの翼がモチーフだと聞いたこともある。いやほんと、いけるよ。まだ翔《と》べる。勝てる、きっと勝てるよ。ヴィンテージの靴があるんだからヴィンテージの靴下があったっていいでしょう。そんな確信めいた衝動に任せミズノからタグを剥ぎ取り、ナイキの入った袋をひっくり返した。

時はめぐりて。ナイキとミズノのくたびれ方もやがて気にならなくなった。いくつかの季節が通りすぎ、はじめてミズノにいらない穴があいたころ、ナイキとミズノは完全に融合して「靴下」になった。そんなある日、訪れた友人が呟いた。

……あれ。その靴下。

言われて足下を見れば、ナイキとミズノのコラボレーション。

ついにこのときがきてしまった。大丈夫、こんな日が訪れることはわかっていた。

およそ1・2秒、自然さと思慮深さの間、機微を掬《すく》う神がかりのタイミング。見極めろ。

時間とは切り刻まれた瞬間の積み重ねだと理解しろ。そう、今だ。


——さすがだね。気づくんだ。

完璧だ。この一言によってぼろぼろ靴下穿き間違え人間は一転、きらめくファッションリーダーに生まれ変わる。


……おぉー。おしゃれだね。

感心するような、あやすような、どちらとも言えないゆったりとした声色。

……穴のあくまで穿いてもらったんだ。立派なダメージ靴下だね。

そんな風に言って、その人は笑った。

人生は、いらない穴のあいた靴下やちぐはぐな靴下を、おしゃれだと思ってもらえるかどうかにかかっている。

あるいは本当はそう思われていなくとも、そう言ってもらえるかどうかに。

どうか、ちぐはぐな靴下を穿いた人を見かけたときには、おしゃれだと思ってほしい。

その人が穴のあいた靴下を穿いていたなら、そっとしておいてほしい。

その穴はいらない穴かもしれないけれど、切実さによってあいた穴かもしれないから。

静けさをおそれないこと

静けさをおそれないこと。しんと横たわる沈黙に、こころをかたむけること。
……こういうときなんて言ったらいいんでしょうか。
仕事柄だろうか、よく聞かれる。
たびたびたずねられるたび、そんなこと言われてもなぁ、途方にくれる。
かけるべき言葉はそのときどきで変わるし、これといった答えはないと思います。
求められている答えはこんな内容ではないようで、たいがいお互い、しゅんとする。
雑談のなかでたずねられれば、その方との関係次第で、あぁだのこうだの言ってみる。

クライエントからたずねられれば、さらによくよく考える。どんなつもりで、その言葉を発したのか、決意か、惰性《だせい》か、それとも、あるいは。

とはいえ、同じような仕事をしている方からたずねられると、おや、と思う。なにを言うべきかわからないなら、黙ってみては。そう言うと、きょとんとされる。なにを言えばよいのかという問いは、もうすこし踏み込んでみればそれ自体の不自然さにつきあたる。なにかを言わなければならないのか。どうして言わなければと思うのか。

答えにつまったときは、問いそのものを疑う。アロー、トイ、トイ、問いに問う。なにを言うべきかと問いを立てれば、答えはなにを言うかだけだから、どうにもゆとりがない。なのになにか言いたがる。むなしさやよるべなさを意味と価値とで埋めたがる。積極的に動かなければ。価値を示さなければ。それはともすれば、自分が相対している方の、苦しみそのものかもしれないのに。気づかないふりをして、ふいとそっぽをむく。静けさを、おそれている。

実家のリビングにはおにぎりみたいなまんまるピカチュウのぬいぐるみが座っている。

まんまるピカチュウはいつもぽんやりした顔をして、祖母にふくふく可愛がられている。

祖母はときおり、まんまるピカチュウに代弁させる。書き物がままならず、あ〜、だのう〜、だの吠えている孫を、とおまわしに叱咤《しった》する。

……がんばらなきゃだめよって、ねぇ。ぴぃちゃんもそうだって。

ピカチュウはそんなこと言わないよ。でもそれはこの目にうつるピカチュウのはなし。祖母のぴぃちゃんは言うのだろう。うんうんとうなずいているのだろう。

直接言えば、がんばらなきゃだめという価値観がそもそも、と噛みつくやっかいな孫をもったせいだろうか。祖母のことばを、まんまるピカチュウはよく語る。

まんまるピカチュウの愛らしさと祖母のいじらしさもあり、そうされれば文句もない。

またあるとき、まんまるピカチュウは祖母の愚痴を聞いている。

……なんかしゃべれよぉ。
とつつかれながら、
……ぴぃちゃんは文句ひとつ言わないで、だまーってすわって、えらいねぇ。
最後はいつもほめられている。口を開けば文句ばかりですみませんねぇ。孫はうなる。

……ぴぃちゃんはなぁんの役にも立たないねぇ。
人によっては傷を負いそうなことばをかけられていた日もある。
……役に立たないから、いいんだねぇ。役に立つもんは、どっかでいらなくなるから。
まんまるピカチュウはいつでも文句ひとつ言わず座っている。
壊れて使いものにならない風呂椅子が、ころんと捨てられた日のことだった。

ぬいぐるみは静けさをおそれない。ただ人ばかりが静けさをおそれている。黙っていること、役に立たないでいることを、認めきれないさもしさをかかえている。役に立とうと立ち上がるのではなく、ただ座っていること、かんたんなことが、なにより難しい。

ことばを使うことは、ことばを放り投げることとはちがう。
ことばの使い方のひとつに、使わないという使い方がある。
ぬいぐるみにも、役立たずという役立ちかたがあるように。

ことばを語る以上に語らないことが雄弁なときがある。こころを扱うならなおさらに。
ことばの途絶えたさきのさき、わずかにささめく息づかいに見え隠れするものがある。
ことばをなぞるのだから、なぞられもする。沈黙を聞くのだから、聞かれもする。
ことばとこころの距離はちょうどあなたとわたしの距離ほど。
重ならないから近づこうとする。重ならないから手を繋げる。
まじるのではなく、まじわる。

役立ちたいという目標はよいが、不安や焦りにクライエントを巻き込んではならない。
変わりたいという希望を支えるのはよい。変わるべきという焦りに乗ってはならない。
そればかりかこちらがあちらを変えようなどとおこの沙汰で、まったくおこがましい。
ときに、苦しみ抜く人がまとう、おおきめの象のような沈黙に圧倒されることもある。

ずん、と横たわった沈黙には、どうすごんでみても太刀打ちできそうにない。それは未熟さのためだろうか。それもあるにはあるのだろうが、どうもそれだけとは思えない。

静けさをおそれないこと。横たわる沈黙に、しんと耳をかたむけること。

それもひとつの役割ではないかと、ちかごろは生意気にふんぞりかえっている。

私は何者でもない。けっして何者にもならないだろう。何者にもならないことを欲することはできない。それさえ別にすれば、私の中には世界のすべての夢がある。

フェルナンド・ペソア「不穏の書、断章」（『不穏の書、断章』澤田直訳、平凡社）

煮物にもなれない

……きっと、何者にもなれない。そんな言葉を聞いて、煮物にもなれない、と思った。

何者にもなれない、という十の音のつらなりは、その九つを煮物にもなれないが占める。

むかしから、音と音とのつらなりにばかり気をとられては、意味につまずき、よく転ぶ。

何者にもなれないことは当然煮物にもなれないことだからことこと煮られることもない。

ぐじゅりとつぶれたかぼちゃは苦手だから、どうかほくほくでいてほしい。

北陸を訪ねた際大きな観音様の横ではしゃいでいたら「だらぶっちゃん」と言われた。

大仏のことをこの地域ではそう呼ぶのかなと推理して、推理したことも忘れて納得した。

滞在中、だらぶっちゃん、だらぶっちゃんと呼ばれ、耳たぶのもちもち具合にも定評があったので、そうですわたくし動く大仏でございます、とすくすく調子にのっていたのに帰路でふと調べてみれば、だらぶちというのはバカ、アホなどの意味と知った。そんな。

では、お世話になった家のご長寿が言った、いとっしゃだらぶちとはどんな意味なのか。かわいい大仏様ねぇくらいの意味で受け取っていたそれは、どうやら気の毒なバカという意味らしい。そんなこともつゆ知らずおどけ踊っていたとはまこと気の毒なバカである。

数年後、お世話になった方とお話しする機会があったので伝えるとこのように言われた。……いとっしゃには、愛おしいという意味もありますよ。だらぶちも、バ……お調子者からボケナスくらいに幅のある言葉ですから。そんなに落ち込まないでください。

なるほど。つまり愛おしいお調子者から、気の毒なボケナスの幅に収まることになる。どのくらい憐れに思われていたかはわからないまでも、やや希望のある話だった。言葉はいつもそれが指し示そうとするものより大きすぎるか小さすぎるから、つかみそこなう。ご長寿は年を取らなくなり答え合わせはできないままシュレディンガーのバカとなった。というかバカって言いかけていましたよね。バカとボケナスにどれだけの差があるのか。どちらかといえば、ボケナスのほうが救いがあるのではないか。なにせ響きがかわいい。ボケナス。おたんこなす。なぜナスなのか。野菜悪口シリーズとしては、どてかぼちゃ。

他にないのかな。バカメロン、ほらふきだいこん、かんしゃくいも。そんな言葉もある。

嘘である。いま作った。厳密にはないかどうか確認していないので、あるかもしれない。

シュレディンガーの悪口である。シュレディンガーはたびたび与太話に付き合わされる。

悪口といえばタコは素材そのままで悪口になっているのがすごい。我輩はタコである。

やる気はまだない。しかしなぜイカ単体では悪口にならないのだろう。イカはいいから。

なるほど。なるほどじゃない。


給食ではイカめしとガーリックトーストが同率首位の苦痛だった。偏食に生まれながら、パンや白いご飯だけはなんとか食べられたのに（まぜご飯は大変困る）それらが主食扱いとなれば、すべてが崩壊してしまう。ぐぅぐぅおなかを鳴らしながらなにも口に入れない怪物が誕生し、それはそれは周囲を困らせた。とはいえ、困らせたというのは適応のための修辞であって、ほんとうに困っていたのは怪物のほうだった。今でもそう思っている。

……おなかがすいているなら、食べられるはずでしょう。

人間はそういうふうにできているんですからと、諭すように言われれば、いたましい。人間とは、それだけのものではないのに。人間とは、仕組みではないのに。伝える言葉の持ち合わせはなかった。今もない。自らの正しさを疑わない人の内には、こころがない。

こころは、きっぱりとした答えの中には存在しない。「本当にそうだろうか」という問いの中にだけ存在する。今ならそう言える。今でも、それくらいしか言えないままでいる。

正しい仕組み、正しい成長、正しい態度、正しい生活、正しい人間。正しさのただなかにただ留《とど》まろうとするのは、傲慢《ごうまん》と思う。その傲慢さが有益なら、なおさら手放せない。

正しさの屋根の下に留まれないだけの者がそんな人たちを憐れむことも、傲慢だろうか。

なにひとつ正しいことがわからないままで生きている。散歩が好きで、よく転ぶ。靴の片方だけがひどくすり減る。歩き方がおかしいと言われる。おかしな歩き方のまま、よく歩くからよく転ぶ。転ビリティが高い。歩いているだけで知らない傷がたくさんできる。

「こちら側のどこからでも切れます」が切れない。誰でも綺麗に貼れます！　貼れない。

ジョアのストローがうまく出せない。おいしくなって新登場！　そのままでいてほしい。

熱湯５００㎖を作るための水の量がわからない。チャルメラビリティが低い。たっぷりのお湯の量もわからない。麺類を上手に茹《ゆ》でられたことがない。ごはんもうまく炊けない。

左右をたびたび間違える。西と東もよくわかっていない。時計が読めない。いつも眠い。

毎日十時間寝ないと動けない。行けたら行くねと素直に答えて本当に行ったら怒られた。

いい感じのコーヒー屋さんに書いてある風味の説明がわからない。エルダーフラワーってなんだ。最終盤のステージに生えてそう。たぶんそこそこ貴重なアイテムの素材になる。ブラックカラント。ロボットの名前っぽい。搭乗者の命を奪う系のロボットに違いない。ネロリ。なんだそれ。セロリの親戚かな。セロリの根っこのことで、栄養価が高いとか。ワインや日本酒をジュースみたいに水みたいと勧められると、ジュースと水飲むよと思う。小分けのお菓子は自動で全部食べてしまうから意味がない。牛乳パックが開けられない。そういえば給食の牛乳瓶のフタを開けるのもへたくそで、いつも指を突っ込んでむりやり開けていた。ぶしゃっと牛乳が飛び散るのを最初は笑っていたみんなに、次第に煙たげな視線を向けられるようになっていた。それが面白い時間は終わったよと言葉でも言葉以外でも示されながら、直せないまま泣いていた。泣きながら毎日、牛乳をぶしゃっていた。

どんな正しさにも居場所がなかったので、正しさには住まないことにした。すまない。誰にでもなく謝ってみて、謝る必要もないなと思った。そもそもが誤りだらけの人生だ。あなたは間違っていると言われるたび、安心した。よかった。まだ正しくなっていない。進歩したくない。改善したくない。あらゆる正しさと相容《あいい》れない。一見すると悪くない（つまり善くない）意見や考えも、それが正しいものだとされたとたんに、輝きを失う。

正しさは、正しさを目指すための葛藤と割り切れなさの中にある。そういえば葛藤って、書くたび漢方っぽいなと思う。葛藤とは苦い薬なのかもしれない。なんでも薬って言っておけば深いたとえだと思ってもらえる気がする。そんな浅い考えもどうか甘くみてほしい。甘く煮た煮物はいい。さつまいもを甘く煮たやつならいくらでも食べたい。小さなこころさつまいもを甘く煮たのを、ニターノという料理だと信じていた。この甘さにはカタカナがふさわしいのではないか、小さなこころで考えて、考えたことを忘れて勝手に信じた。煮物。そうだ、目の前の人は何者にもなれないのだと言っていた。まずはひとつずつ、思ったことをたずねてみるより他にない。

……煮物にも、なれないのでしょうか。

その人は神妙な面持ちで考え抜いた後、ふっと笑って、言われた。

……煮物には、なりたくないですね。

何者にもなれないと言う人も煮物にはなりたくない。人は煮物にも何者にもなれない。何者にもなれない我々は、それぞればらばらに、こころを探してさまようより他にない。

何者かになりたいという願いは、かけがえのないものでいたいということでもあるはず。煮物はどこまでも煮物でしかないし他の煮物で代えが利いてしまうから、何者でもない。

音のつらなりに引っぱられ口をつくしょうもない駄洒落《だじゃれ》も、たまに役立つことがある。根深い正しさや一面的な正解を、ほんの一瞬無効にするような。そんな余白を生み出す。

支配的な価値観や覇権《はけん》のことをヘゲモニーと呼ぶと教えてもらったとき、ではヘゲモニーに対抗するホゲモニーというのはどうだろうと思った。ほげっとした顔で支配から逃れる、駄洒落の園である。覇権国のことはヘゲモンと呼ぶらしい。ほぼポケモンである。ホゲモンとするとほげほげ駄洒落ばかりの日々を過ごす者はホゲモンということになる。ホゲモンとして、今日もこの世を生きている。

疲れた日はカツカレーを食べる。カツカレーの九割は疲れが占めていて、勝てるから。疲れに勝つ勝つカツカレー。歌いながら食券のボタンを押したら、お店の方に笑われた。カレーを食べた後は甘いものが食べたくなるわんぱくな胃袋なのでジョナサンに寄った。デザートのメニューにこんなものを見つけた。

フルーツを盛りました、フルーツモッターノ。
プリン載せちゃいました、プリンノセターノ。
ジョナサンは、やや消費者を舐めている。どっちも食べて、たっぷり太った。

わたしが子供だった頃
わたしは生きていた、それと知らずに
ただ　今日　こうしてあの頃のことを
思い出すためにのみ。

フェルナンド・ペソア「わたしが子供だった頃」（『ポルトガルの海』池上岑夫編訳、彩流社）

犬を棒に当てる

ふたまわりにはやや満たないくらい、年の離れた友だちがいる。

成長とはよくいったものですこし見ないうちに長く成り、世界に占める割合をむくむくと増している。

とはいえいまだ羽の軽さで、いきおい駆けてはよく転ぶ。だから、遊ぶ場所はもっぱら公園になる。公園。おおやけのその。よい言葉だなと、つど思う。

こーえんいこー

おー　こーえんいこー

からだのやわらかなひとと話せば、つられて言葉も伸びをする。一歩ずつ頑《かたく》なさがほぐれるのがうれしくて、跳ねる背中を追いかけた。

石の割れ目にのぞく木の芽。ベンチの隙間に挟まったどんぐり。砂場に埋もれた原色のスコップ。馬の顔みたいな木のうろ。ちいさなからだは低さのぶんだけ地面にしたしく、泳ぐばかりの目では見逃すものをよく見つける。

無駄なものを見つけることに関して、右に出る者はいない。なにせ無駄なものと有益なものとの区別がない。無駄とか有益とかいうのはごく狭い尺度の中でしか機能しない付札《つけふだ》で、目の前にはいろいろなものがいろいろに転がっているだけなのだと教えられる。

風をかきわけるように腕を振り回し、ずむずむ進んでいく。走ったり転んだりいきなり踊ってみたり、動作に溜めもためらいもない。

かいてー

踊っているのかと思ったら背中がかゆいだけだった。なぁんだ。

さりさり、かいてやるとほんとうに踊りはじめた。なんなんだ。

くねくねと踊りだすから、つられて踊る。ころころ笑って歩き出す。

溺れたイソギンチャクみたいないきものと歩くうち、いい感じの棒を見つけて拾った。

ひゅ

風を切る。

イソギンチャクは目をまんまるにしてぴたりと止まる。

そうか、まだこのよろこびを知らないか。

いい感じの棒、いい感じの石。そういったもののものから、より無駄な美しさ、機能なき機能美を掘り起こすのには一日の長がある。棒や石を拾って集めるのが好きで、ときどき自慢しては、はぁ、と呆れられてきた。しかし今は違う、見上げるまなざしが熱を抱く。

あっちにいい棒がよく落ちてる。手首を返して指し示す。いい感じの棒はいい感じの木から落ちる。いい感じの木はいい感じの場所に立つ。いい感じをたどればいい感じの場所にたどり着くように、どうやら世界はできている。

連れ立つ先は公園の中でもいちばん高い場所で、下には細く深い川と遊歩道がよく見える。犬に導かれる人をぼんやり眺め、

ひゅお

音が鳴る。

振り向くと細い腕がもっと細い枝をびゅんびゅくびゅんびゅく振り回している。まわりを見ながらね。それだけ声をかけ、引き続き指先ほどの犬を見る。しばらく犬を見て、ふかふかな犬だなと気づき、犬が鳩《はと》にブチギレだしたあたりで、棒の者がふんふん広めの歩幅でやってきた。それはもういい感じの棒を持って寄ってきた。

なにしてるの

犬見てた

いぬどこ

あそこ

ぼう　これにした

そう

いいでしょ

いぬもあるけば

棒に当たる

かるた　このまえやった

犬も歩けば棒に当たる。そういえばどんな意味かよく知らない。幸運なのか、災難か。
棒とはなにかの比喩なのか。そもそも、犬が棒に当たるところを見たことがない。

見てみない　犬が棒に当たるとこ

みてみたい　いぬがぼうにあたるとこ

話が早くて助かる。え、と聞き返されたなら二度は言わなかった。なにを言ってんのと返されたなら多分今夜はお風呂で泣いた。足りない言葉を足りないまま受け取ってくれる瑞々《みずみず》しさがありがたかった。

犬棒作戦の概要はこう。まず犬好きが集まるあたりに向かい、お互いすこし離れた場所に自慢の棒を突き立てる。ベンチに座って時を待つ。犬が自分の棒に当たったら勝ち。

ちょっと離れたところから、大きめの人間と小さめな人間が突き刺さった棒越しに自分たちをじっと見ているのは、犬たちの目にどう映っただろうか。振り返ってみると変だなと思わないでもないけれど、その瞬間は真剣だったのだからどうしようもない。

しばらく待てば、ちょうどよく焼けた食パンみたいな犬がのこのこやってきた。クラス縄跳びもできそうな長さのリードを持って、ふくふく着こんだ飼い主もやってきた。

来い。来い。来い。食パンがじりじりと棒に近寄ってくる。

来た、来た、来た、若干こっちの棒に向いている。当たれ当たれ当たれ。

食パンはこちらの棒までやってきて、土をちょっと掘って棒を倒した。そんな。
そしてもう片方の棒にこつんと頭突きして倒していった。どうして。
あたった。となりで喜びの声があがる。なんでよ。
食パンはそのまま、不思議そうな顔をした飼い主に引っ張られていった。
いぬ　あたったねぇ
　　　　　当たってたかなぁ
　　　　あたってたよぉ
いい感じの棒でとつとつアスファルトをつつきながらちょっと遠回りの帰り道を歩く。
冬の終わり、春らしくぽかめいた陽気の日だった。着てきたダウンは腰に巻きつけて、
コンビニで当たり付きの棒アイスをふたつ買った。
あたるかなぁ
　　　どうかなぁ
いい感じの棒は、ふたりしてコンビニの傘立てに忘れてきた。
アイスが当たったら取りに行こうねと約束して、ふたりとも外れた。

人生禁止おじさん

泣いている。

泣いたらパイをくれるというから、ひぃんとかひえぇんとか泣いている。

麻雀《マージャン》という遊びがある。みなさん、寒い日の動物園みたいにぎゅっとお団子になって、うひょぉと笑ったり、うおぉとうめいたり、たまにぷりぷり怒ったりしている。

麻雀というのをやっている人がいるなぁと、ぼんやり対岸から見ている側だったのに。

なぜかいま、嘘みたいな緑色がまぶしい、四角い卓の前に座らされている。

ごつごつした手や枯れ枝みたいな腕がじゃらじゃらパイをかき混ぜるのを眺めながら、どうしてこうなったんだっけ、ゆらゆら思いをめぐらせる。

漫画が大好きで、よく読む。頼まれもしないのにおすすめの漫画を紹介してまわる。将来は、好きな漫画を紹介するだけで生きていきたいなどと、ひそかに夢みている。将来とはほかでもないこの瞬間のことを言うのだとわかって、知らんぷりしている。

漫画は人生の、もしくは人生に対する想像の映し絵であるから、たいていのことは漫画になっている。スポーツ、芸術、恋や愛。否定と肯定。なんでもござれの展覧会から気分や調子に合わせて、いろいろさまざま、豊かさを恵んでもらう。

なかでも麻雀漫画にはなぜか「神や悪魔にも似た圧倒的な強者に焦がれ約束された破滅に嬉々《きき》として飛び込む者」の要素がみちみちに含まれている。人によっては一生これだけ食べていたいと思うような完全食にも似たポテンシャルがあり、すごい味がする。興味のある人は麻雀漫画を読んで一度味わってみてほしい。おすすめは『むこうぶち』です。

ビタミンCが欲しければ、すっぱいフルーツを食べるといい。
狂気にも似た執着と美しい破滅が見たければ、麻雀漫画を読むといい。

だというのに、麻雀漫画が好きなくせに、麻雀のルールを知らないままここまできた。麻雀漫画というのは主役の一手に対戦相手や観客が「な、なんてヤツだ……！」的な反応をしてくれて、なんかすごいことしてるのがわかるからルールを知らないまま楽しめる。

麻雀漫画の面白いところは、運やツキさえコントロール可能だとするものが多いこと。「アイツ、ツキを溜めてやがった……！」的な台詞《せりふ》を見るたび、ドラえもんのひみつ道具みたいだなと思う。

「これをつけてると悪いことばかり起きるけど、そのぶんツキが溜まっていくんだよ」的な道具をスネ夫が盗み出してひどい目にあう回があると思う。ドラえもんに育てられた人間はなにを見てもドラえもんっぽいなぁと思うようになる。大事なことは、ぜんぶ漫画から教えてもらったから、なにが起きても漫画みたいだなぁと思う。

『ヒカルの碁』『ハチワンダイバー』『永世乙女の戦い方』『3月のライオン』

麻雀の他にも囲碁や将棋など、盤上の戦いを描いた作品を大好きでいながらまるでよくわかっていない。よくわからないまま、なんどもなんども読み返している。そうした作品の中ではたびたび戦型や戦法、繰り出す一手がその人物の信念や心情とリンクするような表現が見られる。そこにはいわば、人生のたとえとしての戦いがある。


そう、ちょうどそんな話をしたのだった。よく行く街の、はじめてのお店で。

だからいまこんなところで、泣き声をあげるはめになっている。


……美術館なんてのはしゃれてるなぁ。おじさんはさぁ、麻雀するばっかだよぉ。

今日はお休みかい。なにしてたんだい。そんな感じで声をかけられたので、美術館に行ってきましたと答えた。別に美術館だからしゃれてるなんて思わなかったが、特に不服でもないので触れなかった。

麻雀って、漫画はよく読むけどルールぜんぜんわかんないんですよね。

ぽつり、こぼした言葉は誘い水となる。

……そんなら、おじさんが教えちゃるよぉ。ねぇおい、みんな。

わらわらとおじさんを名乗る方々が集まる。おじさんとは教えたがりな生き物らしく、知りたがりでいれば寄ってくる。寄られたくないときは、知らんぷりする。

つまり寄られてもいいと思っていたのだ。この日この瞬間はめずらしく、なんとなく。

おじさんがお団子になった勢いで、3本くらいお箸が落ちた。

拾って紙ナプキンで包み、醤油やソースが置いてある横に置いた。

あれよあれよと、麻雀を教わることになった。二階の座敷席には、誰が持ち込んだのかわからない麻雀セットがあるらしい。つまんないなと思ったら帰りますのであしからず。前もって伝えた。めいっぱいわがままでいることでしか息ができないから、そうした。

……ふてぇやつだなぁ、Z世代ってやつか。

笑われた。Z世代がなにかもよくわかっていないし世代論にはあんまり興味がないから、否定も肯定もしなかった。

結局、麻雀はよくわからなかった。手札を交換しながら揃えていく基本の部分はなんとなくわかったものの、そこから先の教え方でおじさんたちは衝突し、意味不明となった。

……こういうときはなくといいよぉ。

……ばかやろぅ、なきはつまんねぇんだよ。

……お堅くやってりゃうまくいくってもんでもないさ。なきを入れんのも大事だよぉ。

人生かなと思った。

いいとこ見せたいおじさんたちが空まわって絡まって喧嘩《けんか》しているのはだいぶおもしろかったから、しばらく見ていた。ひとまず、泣くとパイがもらえるらしい。ひーん。

……ちげぇよバカ。そりゃポンだよ。あっそのチュン。カンカン。おっロンだロンだ。

麻雀にはいろんな泣きかたがあるらしくなにがなんだかわからなかった。覚えが悪すぎるから、泣けそうな気がしたら、ひーんとかひえーんとか泣くとおじさんたちが判定してくれる仕組みになった。

ぴえーんと泣いたら、泣くときじゃねぇよアホと言われた。人生かなと思った。

とはいえよくわからないなりに、ころころとした牌《パイ》をいじって絵合わせをしていくのは楽しいもので、ほんのわずか、わかってくるなり思うことがあった。四人もいるのに一人しかあがれない。来る牌も選べない。選べる余地があるとすれば捨てる牌だけ。捨てるのを選ぶくらいしかできないなんて、人生みたいですね。

なんとなしにつぶやいた。

レモンサワーの泡がいくつかはじけるくらいの沈黙のあと、おじさんたちが壊れた。

……そぉぉなんだよぉぉ……、麻雀ってのはさぁ、人生なんだよぉぉぉぉ……。

それからしばらく、麻雀がいかに人生なのかという話が花火みたいに打ちあがった。

かたや、攻めなければ抜きん出られない。かたや、降りるべきときを見極めろ。

人は人生を通してしかものごとを見られないから、麻雀はもちろん、なみなみ注がれたお酒も花を散らす嵐も、そのあたりに転がる石も、すべてが人生にたとえられる。

同じように花にとっては、すべてが花の命のたとえとして感じられるのかもしれない。

盛りあがる麻雀人生論、あるいは人生麻雀論のさなか、やけに渋いおじさんが近づいてきて、やけに渋い声でこう言った。

……泣いてばかりでは、なにも守れないぞ。

知らないところで敵幹部を倒してるタイプの師匠キャラかと思った。

そのあとは、人生談義に華が咲く。楽しさと疲れがまじわるのを感じた所で席を立ち、礼を言っておじさんたちと別れた。

またこいよぉ、とおおげさに手をふったおじさんが丸椅子から落っこちた。

帰り道で調べてみると、泣くではなく鳴くだった。じゃあ最初からそう言ってくれよとも思ったが、泣くも鳴くもたいして変わらない気がしたのでまぁいいかと放って歩いた。

ひと月ほど後にお店を訪れると、背中をまるめたおじさんが、騒がしい二階席への階段をとろんとした目で眺めながら、ちびちびお酒をすすっていた。

なんでもあの日から常連の中で麻雀のことを人生と呼ぶのが流行《はや》りだし、仲間うちで「人生やろうや」などとふざけあう流行りになったらしい。

そしてこのおじさんはお家《うち》を出るとき「人生やってくる!」と口をすべらせてしまい、はちゃめちゃに怒られて人生禁止の運びとなったとのこと。

人生を禁止されたおじさんが、ひん、となく。これもまた人生だなと思った。

むいが来たりてむいと鳴く

なにもしたくない。どこにも行きたくない。そんな日がありありとあまりある。
なにもしなくていい。どこにも行かなくていい。そんな天気がある。雨である。

とつとつ、とつとつ。たっぷりの三度寝からのそり、起き上がる。
とっとと、ととっと、かけちがえたボタンのような音を聞く。雨が降っている。

くっつきたがりのまぶたをうすく開いてぼんやりする。雨だ。天気悪い、って言うの、なんかいやなんだよな。というか晴れがいい天気っていうのがそもそもさ。いい悪いは人によるでしょ。晴れが晴れるなら雨は雨るでもいいじゃんね。(雨が)降ってきたとか動きの言葉で代用されてるのかな。

気が晴れる、とちがって、気が降る、だと雨っぽさを表現できないような気もする。曇る、は感情表現として定着してきた感あるのにな。雨る、がないのはバランス悪いし、これからは積極的に雨るって言おうかな。でも（空が）晴れる、と（空が）曇る、の主役は空であって雨じゃないから、やっぱり雨るじゃ変なのか。そういえばアメルってエチゾラム錠のおくすりの名前だと思われていることが多い。あ〜めあめあめあめ、不安な気持ちを落ち着かせてやるめるねぇ。なんだいまの。

どぅぁ。向かいの家の雨どいから勢いよく水が流れ落ちる。役に立たない益体《やくたい》もない思考が流される。


雨の日が好きで、理由は大きくふたつある。

ひとつ、うるさすぎず不規則な音が絶えず鳴っていること。

ふたつ、外に出ずなにもしないことが、ゆるされる感じがすること。

放っておくと個人的な喧噪《けんそう》に溺れるじゃぶじゃぶ馬な脳みそは、雨の音に助けられている。

草木も土も脳みそも、毎日雨では困るものの、毎日晴れでも困るのだった。

晴耕雨読とはよくいったもので、本を読むにも雨がいい。

おびやかされない程度の不規則さに揺さぶられたいとき、本を読む。

他人の言葉は雨と同じで不規則なリズムを持っているから、雨にしたしい。

わけても縦書きの日本語は、落ちる雨粒によく似ている。

雨の日には、雨に似た本を読むのがいい。

ちょうど雨に似た本、というより雨そのものの本があったのを思い出して手にとった。

『日本の名随筆43　雨』（作品社、中村汀女《ていじょ》編）の奥付をのぞけば1986年発行の古い本で、なるほど頁《ページ》もやわらかく、くたびれている。

シリーズ計百冊、圧巻の手広さで、それぞれ一字、主題となる漢字が添えられている。

春夏秋冬、音に歌、祈に色に石や死も。各巻30から40ほどの随筆がころころと集まってなんとも読みやすい。

気を晴らすには本を買う。散財としては軽傷ですむし、並べているだけで満足感があるのが素晴らしい。てんてこまいな毎日にすっかり参っていたころ、なかばやけくそ気味に日本の名随筆百冊セットを買ったのだった。

お年を召された方の、処分に悩んで出品したという百冊だった。百冊は送料とんとんのやさしい値付けで、北海道からずっしり詰まってやってきた。

気を晴らすため本を買い、気の雨る日に読む。雨の本にはこんな言葉が降っていた。

若山牧水「なまけ者と雨」

雨を好むこゝろは確に無為を愛するこゝろである。為事《しごと》の上に心の上に、何か企てのある時は多く雨を忌んで晴を喜ぶ。

すべての企てに疲れたやうな心にはまつたく雨がなつかしい。一つ〳〵降つて来るのを仰いでゐると、いつか心はおだやかに凪《な》いでゆく。怠けてゐるにも安心して怠けてゐられるのをおもふ。

まず題がよい。なまけ者と雨。まさに己のことである。つづく本文も、実にいいことが書いてある。ひとつひとつ、しみじみそうよなぁとうなずく。知らない方の名文をまるで己が書いたかのように誇るずぶとさは、生まれ持った才能とこころえている。

くわだてのある人ほど晴れを喜ぶ。日々なにもしない理由ばかり探す者が、雨を愛することは必然でもあった。

雨を好むこころは、無為を愛するこころ。

無為はよい。意味もよいが響きもよい。むい、むいむい。

むかしむかし、むいといういきものがいた。

むいは風が運んできた木の実を食べて、近くの川の水を飲んだ。

むいは毎日なにもせず、気のむくままに生きていた。

はたらきものの人びとはむいをなじった。

……なにもしないくせに、気楽に生きて。

そのうち、むいの名は、なにもせず日々を無駄にするという意味になった。

むいは気にしなかった。


おせっかいな人びとは工事をはじめた。

……むいを守ってやらなきゃ。

むいのまわりはどんどん変わった。むいは清潔な箱の中に入れられ、鈴を鳴らせばぎゅっと栄養の詰まった食べ物やきれいな水が出てくるようになった。


むいは鈴も鳴らさずなにもせず、そのうち死んだ。


むかしむかしのそのまたむかし、むいの名前には別の意味があった。

自然のまま、手を加えない。そんな意味をもっていた。

むいは人々に愛された。人びとはむいを愛するために、なにもしてやらなかった。

なにもしてやらないことが、むいにとっていちばんのやさしさだった。

どゔぁらん。強まる雨がといからこぼれる。

むい。

むい。

もうどこにもいないはずのむいの鳴き声が、雨のおくそこに聞こえた気がした。

むいむい。

コンサバ

めんつゆは、奥ゆかしい。いろいろなお料理の味付けで主役をつとめながら、わたくしめんのおつゆですからと、はにかんでいらっしゃる。もし自分がめんつゆになれたなら、きっと、ぜんつゆと名乗る。わたくし、ぜんぶのつゆでございます。ふんぞりかえる。

長いこと、めんつゆのことをメインつゆだと思いこんでいた。

……めぇんつゆをねぇ、ちょびぃといれんの。

祖母がそんな風にしゃべるのを聞いていたことと、メインという言葉を知ったのが同じ時期だったことは無関係ではないような気もするし、関係ないかもしれない。

実際いろんなお味の主役を任されていて、これはまさしくメインつゆだと思っていた。

そういう風に腑に落ちてしまえば、なかなか直らない。納得した勘違いは、しぶとい。

コンサバ、とはコンテンポラリー・サババサバの略だと、ずいぶん長く勘違いしていた。コンテンポラリーダンスを知った時期と、サバサバという言葉を知った時期が重なったことは無関係ではないような気もするし、関係ないかもしれない。とにかくその時期コンサバは個人的な褒め言葉のひとつだった。コンテンポラリー・サバサバ。今風のさっぱりとした気持ちよさ。常に新しいものごとに目を光らせて追いつくひと。そして、その必死さを演出しないひと。そんな姿にぴったりな言葉だと思っていた。

……むかしさ。わたしにコンサバって言ったでしょう。

電話ごしの声色は、やわらかい。いくつかの季節をまたいでやってきた昔話だった。

そのひとはファッション、デザイン、カタカナことばのお仕事を渡り歩いていた。自分自身をひとつの美術館として捉えているような、清潔な美しさをたたえたひとだった。

……あれ、効いた。それも今になって。攻めてるつもりで、攻めてる風のポーズだけ。かたくなでおろか。振り返れば、そういう美しさもあるって思わなくもないけど。でもさ。それってガラスの美しさなんだよ。鋭くて、脆《もろ》くて、一度割れちゃえば、もう。

知らず知らずのうちに、針のような言葉を刺した。コンサバとは保守的、無難、そんな意味だった。コンテンポラリーなサバサバ感では、なかった。あなたはすごく素敵なひとだと伝えたつもりなのに、その形では伝わらなかった。それはそう。あたりまえだった。話せばわかる、なんてとても思えない。そもそも、話すことばを間違えてばかりいる。ことばはすべて、こころの翻訳だから、決して明かされない秘密を持っている。ちょうど湖の水を手にすくいとったとき、手の中の水はもう湖ではないように、そんなふうにしかことばをあつかうことはできないのだと、しずかにあきらめている。

どれだけことばに仕えたいと思っても、ひとはことばを使うことしかできない。ひどいときには、ことばに使われることさえある。それではまるで、なさけない。
ひとは、嘘をつくのではなく、嘘しかつけない。それでも、嘘のつき方によって、本当に言いたかったことの影を踏むことくらいはできる。そう信じたいし、信じている。

……コンサバなんて、あのときいちばん言われたくなかった。なんでそんなこと言うのって思ったけど。しばらくしたら、へんに納得しちゃって。言ってくれて、ありがとう。

濡《ぬ》れた声に、コンテンポラリー・サバサバだと思ってたんですとは、言えなかった。

それからは、輪郭のない昔話。案外近くに住んでいることを知って、ふたり、驚いた。あのお店、つぶれちゃったね。でもあっちは残ってるよ。そうだね。ふたり、約束した。

二時間前から準備して、一時間前に家を出た。三十分前には曲がり道を間違えて迷子になった。十分前に電話して、そんなことだと思ったよと、笑われた。待ち合わせ場所よりすこし手前の公園で、ばさり。つかまる。

背中に覆いかぶさって笑うそのひとは、美しい庭のようなひとになっていた。

……遅刻しなかったじゃん、えらいえらい。

小さなこどもを褒めるみたいに、言われた。昔はたくさん遅刻して、たくさん怒らせた。

美しい庭のようなひとは、よく食べるひとになっていた。一緒になってたらふく食べた。おなかもぱんぱんにふくれたころ、夢の話をするみたいな声で、話してくれた。

……パンクチュアルって遅刻しないって意味だけど、ぜんぜんそんな感じしなくない。だってパンクだよ。もっと破滅的なさ、めちゃくちゃだぜって感じの意味だと思ってたら真逆でさ。あなたがしょっちゅう遅刻するから、単語調べて覚えたの。思い出した。

聞いて、万華鏡をのぞきこんだときみたいに感じた。ぱぁっ、となにかが開くような、それでいて、惑わされるような。うれしくてうれしくて、なんでか、くしゃみが出た。

会わない間の話はしなかった。かわりに、コンテンポラリー・サバサバの話をした。くだらない勘違い。ほんとうは、素敵な人だって言いたかった。白状して、笑われた。

持っているものほど、渡せない。書いていない手紙だけが、届いてしまう。自分自身の足りなさが、そのまま相手の中に置かれたときに、やっとそのひとのことが見えてくる。

それからは、役にたたない、くだらない、どうでもいいことばかり、たくさん話した。おたがいの水面になって、石を投げあった。ぽちゃんぽちゃんと波で笑った。

笑って泣いて、転んで眠って、しばらくたって、手紙が届いた。手紙を読むのが大好きだから急いで開けて、ちょっとやぶけた。ぴんとひろげてテープで留めて、よく読んだ。

まるまるとした字がころんだみたいに斜めになった、かわいいお手紙だった。いろいろ書いてあったけれど、ひときわうれしくおかしかったのは昨日のごはんの献立について。

コンサバ（挨拶）。昨日はコーンとサバの炊き込みご飯にしたよ。決め手はめんつゆ。

さすがメインつゆ。次に会ったらこの話をしよう。メインつゆ、またの名をぜんつゆ。

月　日

某月某日
おてんき：はれ
いい感じの棒を拾って気分よくお散歩していたら、曲がり角からジャコメッティの彫刻みたいな犬に奇襲されて棒を奪われた。飼い主におまえが悪いみたいな目で見られたのが解せない。割引も増量もされていないからあげクンを買って帰った。この街ではどの犬も自分よりずっと高いごはんを食べて、ずっと高いシャンプーを使っている。

某月某日
おてんき：なんとも
息を吐かずに呼吸する、白く完全な球体になりたい。ポムポムプリンを投げる。

某月某日
おてんき：あめのちはれ
本は窓。本は扉。ただ想像力の他になにひとつ持たないままで、開けば遠くに連れて行ってくれて、うれしい。ところで、美しい本というのは一冊の凶器でもある。世界や己を傷つけ削ぎ落とし彫刻するような、鋭く研がれた本。
美しい傷と出会うたび思い出す一節がある。

美には傷以外の起源はない。どんな人もおのれのうちに保持し保存している傷、独異な、人によって異なる、隠れた、あるいは眼に見える傷、その人が世界を離れたくなったとき、短い、だが深い孤独にふけるためそこへと退却するあの傷以外には。
ジャン・ジュネ『アルベルト・ジャコメッティのアトリエ』

某月某日
血液検査。大事に育ててきた血を取られたうえお金まで取られる。ひどい。なんらかの数値が下がってなんらかの数値が上がっているらしい。なんらかが起きる、いつの日か。

某月某日

くさ：ぼうぼう

実家の庭の草むしりをする。草は勝手に生えるからすごい。やる気もこれくらい勝手に出てくれればいいのに。祖母は「おばぁもやるよ。ぴぃちゃんも手伝えよぉ」とリビングで座ってるだけのまんまるピカチュウに文句を言っていた。まんまるピカチュウは人間がなにかやっとりますな、みたいな顔をしていた。鳩サブレを食べた。正式には鳩サブレーなのを知っていても、鳩サブレと呼びたい。呼びたい呼び名がほかにもいくつかある。ドーナツだと知っていても、ドーナッツと呼びたいとか、そういうの。

某月某日

おてんき：あめ

せっかくの雨なのでレコードをかけて過ごす。休符の置かれかたが天使の寝息みたいでいい曲だった。休符は休みというより、狙い澄ました以外の音が鳴るための時間なのかもしれない。レコードを止めて、両手で耳をふさいでみる。血の巡りが、ごうごうと鳴る。ひとは死ぬまで鳴り止《や》まない。歩くような早さで音楽は続く。

某月某日
おひさま：うらめし
夜更かしによる明らかな寝不足（睡眠時間：7時間）。午前中はひび割れた夜のようで、どこからが朝かわからなかった。天使みたいな頭痛がする。くだものをすこし口に入れてまた眠った。

某月某日
おてんき：塗りかためたみたいなくもり
最近よく会うねこがいて、どう話しかけても「おもんにゃ」と言われる。おもんないらしい。がんばって面白い話をしてみるも、ぜんぶ「おもんにゃ」で返されている。笑いの道は厳しい。

某月某日
25分作業し5分休憩すると効率がよくなるポモドーロテクニックというのがあるらしい。試しに25分休んで5分休憩してみる、ゴロゴーロテクニックである。進捗はまだない。

某月某日
おてんき：くもり
蜘蛛《くも》が出たから早くこっち来てと言われ、どうなるものでもないけど立ち上がった。見てほしい蜘蛛、ゴランチュラ。そうつぶやくと、やや優しめにひっぱたかれた。まぁいっちょいいとこ見せてやりますか。いきおい向かえば、蜘蛛はいなかった。どこ行ったのと慌てるひとを、なんとかなごませてあげようと考え、耳打ちした。どこにもオランチュラねぇ。やや強めにひっぱたかれた。どこで間違えた？

某月某日
おてんき：はればれ
ぽかめいた陽気。雲やや速く、慌てた様子で流れていった。
近くでお祭りがあったので歩き回る。画材屋さんでシャボン玉セットが売っていたのでレジに持っていったら「……本当にやるのかい？」と念入りに確認された。どうして。
シャボン玉を吹くと風向きのせいか信じられないくらい顔にぶちあたり、すぐに顔面がぬるぬるになった。どういうわけかどこを向いて吹いても顔面にぶちあたってすごかった。

某月某日

おてんき：はれよりのくもり

自転車に乗ってとなりのとなりくらいの街まで行ってみることにした。だいたいこっちでしょうと見当をつけて走り出したらほぼ真逆に進んでいてびっくりした。

行くつもりのなかった街のちいさなパン屋さんでフライドチキンサンドを買ってみる。これ持って行きなさいと、すごい量のパンの耳をいただいた。チキンもとてもおいしい。

駅前に「駅サイドビル」というビルがあった。変な名前の建物は、うれしい。ちなみに広尾には「コマンドプロンプト広尾」がある。近くにはいいじゃこ飯のお店がある。

某月某日

おさんぽ：びより

迷子にならない方法。目的地がなければ迷子にならない。これは断じて迷子ではない。

某月某日

おにもつ：おもい

二週間に一度、図書館をまわる。30冊くらいの本を借りて、半分も読まないで返す。毎回毎回なにをやっているんだろうと思いながら、繰り返している。これまでの人生、まるで本を読んでこなかったから、まず本に触れるところからはじめようと試みている。

借りた本は実家に置いておく。ぼこぼこに本が詰まったリュックサックとトートバッグを見ると祖母は三回に一回くらい、まるで闇市だねぇ、と言う。ピカチュウの様子を見る。

某月某日

おやつ：どら焼き

いつぞやセールで買ったドラえもんの電子版を読む。全集バージョンなので、ときどき知らない話が出てくるサプライズがあってうれしい。

スネ夫はほんとうにすごい。自分がスネ夫だったとして、どんな気持ちでのび太とドラえもんの前でおもちゃを自慢すればいいのかわからない。お風呂に三回入る日もあるからしずかちゃんとは戦えるなと、こっそり思っている。風呂場のバトル、風呂バトル。

某月某日

おもち：もちもち

お米がないらしい。お米がないならおもちを食べればいいじゃないとアントワネって、ひさしぶりにおもちを焼いた。どら焼き好きが定着する前のドラえもんはおもちが大好きで、ドラえもんがほんとうにおいしそうにおもちを食べるから、すっかりおもちが好きになってしまった。うまいもんだなぁ、とはじめておもちを食べたドラえもんの真似をしてたいらげる。うまいもんだなぁ。

ちなみに、おもちとみかんを一緒に食べるとめちゃくちゃまずい。お正月仲間のような顔をして相性最悪で、ほんとうにすごい味がする。すごすぎて、たまに一緒に食べる。

某月某日

おてんき：はれ

しょっちゅう電柱にぶつかったりはさまったりしている。

注意力3万だよと言われた。10万くらいほしい。おまんじゅうを買って帰った。

某月某日
おてがみ：うれし
お手紙をいただく。さっと香水を通ってきたようで、その人の香りがして、懐かしい。
お手紙をもらうのが大好きなのに、自分からは出せない。気持ちの問題ではなく、便箋や封筒、切手に宛名、こまごまとした過程に耐えられない。あとは単純に字が下手すぎる。（それを含め気持ちの問題とする見方もある）
ペン習字くらい習ってみようかなと検索するうち忘れて、犬が料理を邪魔しまくる動画をずっと見てしまった。犬がなにかを邪魔しまくっているとうれしい気持ちになる。URLをお手紙をくれた方に送った。こればかりは手紙にはない利点だと思う。

某月某日
おてんき：はれ
ぼんやり座って通りを眺めていたら、果たすべき使命を抱えていますといった顔つきの人たちが、果たすべき使命に押しつぶされそうな足取りで歩いていった。

某月某日

おさけ：酔鯨

遅刻ぐせのひどい集団があって、その集まりがあると、みんなのびのび遅刻する。遅刻のお詫《わ》びにとヒメヒマワリの花を買ってきたひとがいて、みんなで一輪ずつ手に持った。お詫びのしかたが妖精のそれである。さらに遅れ、こぼれるほどの梨を抱えてきたひとが来た。お詫びのしかたが森の動物のそれである。最後にやってきたのは、酒瓶を両手に持ったひとだった。お詫びのしかたが鬼のそれである。お詫びを買ってくる暇があるなら遅刻しないいんじゃないのとは誰も言わない。お詫びの品だけが宝物みたいに増えていく。

某月某日

おもさ：おなじ

生きることと神様の重さがちょうど同じだと気づいた。気づいただけだった。

ポムポムプリンを投げる。

某月某日
おげんき：なし
今日は、ひきこもってもごもごする。悲喜こもごもという言葉は、ちょっとかわいい。

悲喜こもごもってどんな意味だろうと思って調べると「複数の人たちの感情を表す用法は間違いですよ」というページが見つかる。ひとりの人間の心境について使うべきらしい。

いきなり誤用のページに飛ばされてちょっと落ち込んだ。いいと思うけどな、誤用でも。

「潮時」もよく間違われるらしい。限界ではなく、いちばんいいタイミングのことだとか。

小さいころは辞書とドラえもんしか読むものがなくて、やたらと意味にこだわった。

だんだんと、正しい言葉なら正しく伝わるなんて話ではなく、やさしい誤読や美しい誤読があるだけだということがわかりはじめて、表面的な意味にはこだわらなくなった。

潮時。悲喜こもごも。どちらも、ひとという海に泳ぐ波のたとえなら、それでいい。

某月某日
おてんき：ぽかめき
川のむこうで食パンみたいな犬がブチギレてる。

しゅうまつのやわらかな、

2024年12月19日　初版発行
2025年 3 月15日　再版発行

作／浅井《あさい》 音楽《おんがく》

画／つくみず

発行者／山下 直久

発行／株式会社KADOKAWA
〒102-8177　東京都千代田区富士見2-13-3
電話　0570-002-301（ナビダイヤル）

印刷所／株式会社 暁印刷

製本所／株式会社 暁印刷

●お問い合わせ
https://www.kadokawa.co.jp/（「お問い合わせ」へお進みください）
※内容によっては、お答えできない場合があります。
※サポートは日本国内のみとさせていただきます。
※Japanese text only

定価はカバーに表示してあります。

ISBN 978-4-04-606798-2　C0095